Zboczone Siostry

Zboczone Siostry

Aldivan Torres

aldivan teixeira torres

CONTENTS

1. Zboczone Siostry   1

1

Zboczone Siostry

Aldivan Torres

Zboczone Siostry

Autor: ***Aldivan Torres***
2020- Aldivan Torres
Wszelkie prawa zastrzeżone

Ta książka, w tym wszystkie jej części, jest chroniona prawem autorskim i nie może być powielana bez zgody autora, odsprzedawana lub przenoszona.

Aldivan Torres, Widzący, jest artystą literackim. Obiecuje swoimi pismami, że zachwyci publiczność i doprowadzi go do rozkoszy przyjemności. Seks jest jedną z najlepszych rzeczy, jakie istnieją.

Dedykacja i podziękowania

Dedykuję tę erotyczną serię wszystkim miłośnikom seksu i zboczeńcom takim jak ja. Mam nadzieję, że spełnię oczekiwania wszystkich szalonych umysłów. Zaczynam tę pracę z przekonaniem, że Amelinha, Belinha i ich przyjaciele przejdą do historii. Bez zbędnych ceregieli, ciepły uścisk dla moich czytelników.

Biegłe czytanie i dużo zabawy.

Z uczuciem, autor.

Prezentacja

Amelinha i Belinha to dwie siostry urodzone i wychowane we wnętrzu Pernambuco. Córki ojców rolników wcześnie wiedziały, jak z uśmiechem na twarzy stawić czoła trudom życia na wsi. W ten sposób osiągali swoje osobiste podboje. Pierwszy jest audytorem finansów publicznych, a drugi, mniej inteligentny, jest miejskim nauczycielem edukacji podstawowej w Arcoverde.

Chociaż są szczęśliwi zawodowo, oboje mają poważny chroniczny problem w związkach, ponieważ nigdy nie znaleźli swojego księcia z bajki, co jest marzeniem każdej kobiety. Najstarsza, Belinha, zamieszkała przez jakiś czas z mężczyzną. Zdradzono jednak to, co wygenerowało w jego małym sercu nieodwracalne traumy. Została zmuszona do rozstania i obiecała sobie, że nigdy więcej nie będzie cierpieć z powodu mężczyzny. Amelinha, niefortunna rzecz, nie może nawet się zaręczyć. Kto chce poślubić Amelinha? Jest bezczelną brązowowłosą osobą, chudą, średniego wzrostu, miodowymi oczami, średnim tyłkiem, piersiami jak arbuz, klatką piersiową zdefiniowaną poza zniewalającym uśmiechem. Nikt nie wie, jaki jest jej prawdziwy problem, a może jedno i drugie.

Jeśli chodzi o ich relacje międzyludzkie, są bliscy dzielenia się między sobą sekretami. Ponieważ Belinha została zdradzona przez, Amelinha wzięła na siebie ból siostry i postanowiła bawić się z mężczyznami. Obie stały się dynamicznym duetem znanym jako " Zboczone Siostry". Mimo to mężczyźni uwielbiają być ich zabawkami. To dlatego, że nie ma nic lepszego niż kochanie Belinha i Amelinha nawet przez chwilę. Czy poznamy razem ich historie?

Zboczone Siostry

Zboczone Siostry

Dedykacja i podziękowania

Prezentacja

Czarny człowiek

Pożar

Konsultacja medyczna

Lekcja prywatna

Test konkursowy

Powrót nauczyciela

Maniakalny klaun

Wycieczka po mieście Pesqueira

Czarny człowiek

Amelinha i Belinha, a także wielcy profesjonaliści i kochankowie, są pięknymi i bogatymi kobietami zintegrowanymi z sieciami społecznościowymi. Oprócz samego seksu starają się również zaprzyjaźnić.

Pewnego razu na wirtualny czat wszedł mężczyzna. Jego pseudonim brzmiał " Czarnoskóry ". W tym momencie wkrótce zadrżała, ponieważ kochała czarnych mężczyzn. Legenda głosi, że mają niekwestionowany urok.

"Witaj, pięknie! "Zadzwoniłeś do błogosławionego czarnego człowieka.

"Halo, dobrze? – odpowiedziała intrygująca Belinha.

"Wszystko super. Miłej nocy!

"Dobranoc. Kocham czarnych ludzi!

"To mnie teraz głęboko poruszyło! Ale czy jest ku temu jakiś szczególny powód? Jak się nazywasz?

"Cóż, powodem jest to, że moja siostra i ja lubimy mężczyzn, jeśli wiesz, co mam na myśli. Jeśli chodzi o nazwę, mimo że jest to bardzo prywatne środowisko, nie mam nic do ukrycia. Nazywam się Belinha. Miło nam cię poznać.

"Cała przyjemność jest moja. Nazywam się Flawiusz, a ja jestem naprawdę miły!

"Poczułem stanowczość w jego słowach. Masz na myśli, że moja intuicja ma rację?

"Nie mogę teraz na to odpowiedzieć, bo to zakończyłoby całą tajemnicę. Jak ma na imię twoja siostra?

"Ma na imię Amelinha.

"Amelinha! Piękna nazwa! Czy możesz opisać siebie fizycznie?

"Jestem blondynką, wysoką, mocną, długie włosy, duży tyłek, średnie piersi i mam rzeźbione ciało. A Ty?

"Kolor czarny, metr i osiemdziesiąt centymetrów wysokości, mocny, cętkowany, ręce i nogi grube, schludne, spalone włosy i zdefiniowane twarze.

"Ty mnie podniecasz!

"Nie martw się o to. Kto mnie zna, nigdy Zapomina?

"Chcesz mnie teraz doprowadzić do szaleństwa?

"Przepraszam za to, kochanie! To tylko po to, aby dodać trochę uroku naszej rozmowie.

"Ile masz lat?

"Dwadzieścia pięć lat i twoje?

"Jestem Trzydzieści osiem lat, a moja siostra trzydzieści cztery. Pomimo różnicy wieku jesteśmy niezwykle blisko. W dzieciństwie zjednoczyliśmy się, aby przezwyciężyć trudności. Kiedy byliśmy nastolatkami, dzieliliśmy się naszymi marzeniami. A teraz, w dorosłym życiu, dzielimy się naszymi osiągnięciami i frustracjami. Nie mogę bez niej żyć.

"Wielki! To twoje uczucie jest Niesamowicie piękne. Mam ochotę spotkać się z wami obojgiem. Czy jest tak niegrzeczna jak ty?

"W Skuteczny sposób, jest najlepsza w tym, co robi. Bardzo inteligentny, piękny i uprzejmy. Moją zaletą jest to, że jestem mądrzejszy.

"Ale nie widzę w tym problemu. Lubię jedno i drugie.

"Czy naprawdę ci się podoba? Wiesz, Amelinha jest wyjątkową kobietą. Nie dlatego, że Jest moją siostrą, ale dlatego, że ma gigantyczne serce. Trochę mi jej żal, bo nigdy nie dostała pana młodego. Wiem, że jej marzeniem jest wyjść za mąż. Przyłączyła się do mnie w powstaniu, ponieważ zostałem zdradzony przez mojego towarzysza. Od tego czasu szukamy tylko szybkich relacji.

"Całkowicie rozumiem. Ja też jestem zboczeńcem. Nie mam jednak specjalnego powodu. Chcę po prostu cieszyć się młodością. Wydajecie się wspaniałymi ludźmi.

"Dziękuję bardzo. Czy naprawdę jesteś z Arcoverde?

"Tak, jestem z centrum. A Ty?

"Z Dzielnica Święty Krzysztof.

"Wielki. Mieszkasz sam?

"Tak. W pobliżu dworca autobusowego.

"Czy możesz dziś odwiedzić mężczyznę?

"Bardzo byśmy chcieli. Ale ty musi zarządzać obydwoma. Porządku?

"Nie martw się, kochanie. Mogę Zarządzaj maksymalnie trzema.

"Ach, tak! Prawdziwy!

"Zaraz tam będę. Czy możesz wyjaśnić lokalizację?

"Tak. To będzie dla mnie przyjemność.

"Wiem, gdzie to jest. Idę tam!

Czarny mężczyzna wyszedł z pokoju, Belinha również. Skorzystała z tego i przeniosła się do kuchni, gdzie spotkała swoją siostrę. Amelinha zmywała brudne naczynia na obiad.

"Dobranoc panu, Amelinha. Nie uwierzysz. Zgadywać kto przychodzi.

"Nie mam pojęcia, siostro. Kto?

"Ten Flawiusz. Spotkałem go na wirtualnym czacie. On będzie dziś naszą rozrywką.

"Jak on wygląda?

"To jest Czarny Człowiek. Czy kiedykolwiek zatrzymałeś się i pomyślałeś, że może być miło? Biedak nie wie, do czego jesteśmy zdolni!

"Ono naprawdę jest siostrą! Wykończmy go.

"On upadnie, że mną! – powiedziała Belinha.

"Nie! Będzie z Ja – odpowiedziała Amelinha.

"Jedno jest pewne: z jednym z nas upadku" – podsumowała Belinha.

"To prawda! A może wszystko przygotujemy w sypialni?

"Dobry pomysł. Pomogę ci!

Dwie nienasycone lalki poszły do pokoju, pozostawiając wszystko zorganizowane na przybycie mężczyzny. Gdy tylko skończą, słyszą dzwonek.

"Czy to on, siostro? – zapytała Amelinha.

"Sprawdźmy to razem! (Belinha)

"Daj spokój! Amelinha zgodziła się.

Krok po kroku obie kobiety minęły drzwi sypialni, minęły jadalnię pokój, a następnie przybył do salonu. Podeszli do drzwi. Kiedy ją otwierają, napotykają czarujący i męski uśmiech Flawiusza.

"Dobranoc! W porządku? Jestem Flawiusz.

"Dobranoc. Serdecznie zapraszamy. Jestem Belinha, która rozmawiała z tobą przez komputer, a ta słodka dziewczyna obok mnie to moja siostra.

"Miło cię poznać Flawiusz! – powiedziała Amelinha.

"Miło cię poznać. Czy mogę wejść?

"Pewny! "Obie kobiety odpowiedziały w tym samym czasie.

Ogier miał dostęp do pokoju, obserwując każdy szczegół wystroju. Co się działo w tym wrzącym umyśle? Był szczególnie poruszony każdym z tych żeńskich okazów. Po chwili spojrzał głęboko w oczy dwóm dziwkom, mówiąc:

"Czy jesteście gotowi na to, po co przyszedłem?

"Gotowy "Afirmował kochanków!

Trio zatrzymało się mocno i przeszło długą drogę do większego pokoju w domu. Zamykając drzwi, byli pewni, że niebo pójdzie do piekła w ciągu kilku sekund. Wszystko było idealne: układ ręczników, zabawki erotyczne, film porno grający na telewizorze sufitowym i romantyczna muzyka tętniąca życiem. Nic nie mogło odebrać przyjemności wspaniałego wieczoru.

Pierwszym krokiem jest usiąść przy łóżku. Czarny mężczyzna zaczął zdejmować ubrania obu kobiet. Ich żądza i pragnienie seksu były tak wielkie, że wywołały trochę niepokoju u tych słodkich pań. Zdejmował koszulkę, pokazując klatkę piersiową i brzuch dobrze wypracowane przez codzienny trening na siłowni. Przeciętne włosy w całym regionie wywołały westchnienia dziewcząt. Następnie zdjął spodnie, pozwalając na widok bielizny Box, co w konsekwencji pokazało jego objętość i męskość. W tym czasie pozwolił im dotknąć organu, czyniąc go bardziej wyprostowanym. Nie mając żadnych tajemnic, wyrzucił bieliznę, pokazując wszystko, co dał mu Bóg.

Miał dwadzieścia dwa centymetry długości i czternaście centymetrów średnicy, by doprowadzić ich do szaleństwa. Nie tracąc czasu, spadli na niego. Zaczęli od gry wstępnej. Podczas gdy jedna połykała swojego kutasa w ustach, druga lizała worki moszny. W tej operacji minęły trzy minuty. Wystarczająco długo, aby być całkowicie gotowym na seks.

Potem zaczął penetrować jedną, a potem drugą bez preferencji. Częste tempo wahadłowca powodowało jęki, krzyki i wielokrotne orgazmy po akcie. To było trzydzieści minut seksu waginalnego. Każdy o połowę krótszy. Następnie zakończyli seksem oralnym i analnym.

Pożar

Była zimna, ciemna i deszczowa noc w stolicy wszystkich lasów Pernambuco. Były chwile, kiedy przednie wiatry osiągały sto kilometrów na godzinę, strasząc biedne siostry Amelinha i Belinha. Dwie zboczone siostry spotkały się w salonie swojej prostej rezydencji w dzielnicy Święty Krzysztof. Nie mając nic do roboty, rozmawiali radośnie o ogólnych rzeczach.

"Amelinha, jak minął ci dzień w biurze na farmie?

"Ta sama stara rzecz: organizowałem planowanie podatkowe administracji podatkowej i celnej, zarządzałem płatnością podatków, pracowałem w zapobieganiu i zwalczaniu uchylania się od opodatkowania. To wymagająca praca i nudna. Ale satysfakcjonujące i dobrze płatne. A Ty? Jak wyglądała twoja rutyna w szkole? – zapytała Amelinha.

"Na zajęciach przekazywałem treści, prowadząc uczniów w najlepszy możliwy sposób. Poprawiłem błędy i wziąłem dwa telefony komórkowe uczniów, którzy przeszkadzali klasie. Prowadziłem również zajęcia z zachowania, postawy, dynamika i przydatne porady. W każdym razie, oprócz tego, że jestem nauczycielką, jestem ich matką. Dowodem na to jest to, że w przerwie infiltrowałem klasę uczniów i razem z nimi graliśmy. Moim zdaniem szkoła jest naszym drugim domem i musimy dbać o przyjaźnie i kontakty międzyludzkie, które z niej mamy" – odpowiedziała Belinha.

"Genialne, moja młodsza siostrzyczko. Nasze prace są świetne, ponieważ dostarczają ważnych konstrukcji emocjonalnych i interakcji między ludźmi. Żaden człowiek nie może żyć w izolacji, a tym bardziej bez środków psychologicznych i finansowych", przeanalizowała Amelinha.

"Zgadzam się. Praca jest dla nas niezbędna, ponieważ uniezależnia nas od dominującego związane z seksem imperium w naszym społeczeństwa "- powiedziała Belinha.

"Dokładnie. Będziemy nadal trwać w naszych wartościach i postawach. Człowiek jest dobry tylko w łóżku– zauważyła Amelinha.

"Mówiąc o mężczyznach, co myślisz o chrześcijaninie? – zapytała Belinha.

"Spełnił moje oczekiwania. Po takim doświadczeniu mój instynkt i mój umysł zawsze proszą się o więcej generując wewnętrzne niezadowolenie. Jakie jest Twoje zdanie? – zapytała Amelinha.

"To było dobre, ale czuję się też jak ty: niekompletne. Jestem suchy od miłości i seksu. Chcę coraz bardziej. Co mamy na dziś? – powiedziała Belinha.

"Skończyły mi się pomysły. Noc jest zimna, ciemne i ciemne. Słyszysz hałas na zewnątrz? Jest dużo deszczu, intensywne wiatry, błyskawice i grzmoty. Boję się! – powiedziała Amelinha.

"Ja też! – przyznała się Belinha.

W tym momencie w całym Arcoverde słychać grzmiący

piorun. Amelinha wskakuje na kolana Belinha, która krzyczy z bólu i rozpaczy. Jednocześnie brakuje elektryczności, co sprawia, że oboje są zdesperowani.

"Co teraz? Co zrobimy Belinha? – zapytała Amelinha.

"Zejdź ze mnie, suko! Dostanę świeczki! – powiedziała Belinha.Belinha delikatnie popchnęła siostrę na bok kanapy, gdy ta po omacku przeczesywała ściany, aby dostać się do kuchni. Jak dom jest Mały, nie trwa długo, aby zakończyć tę operację. Używając taktu, bierze świece z szafki i zapala je zapałkami strategicznie umieszczonymi na piecu.

Z zapaleniem świecy spokojnie wraca do pokoju, gdzie spotyka swoją siostrę z tajemniczym uśmiechem szeroko otwartym na twarzy. Co ona robiła?

"Możesz dać upust, siostro! Wiem, że myślisz coś – powiedziała Belinha.

"Co by było, gdybyśmy zadzwonili do miejskiej straży pożarnej ostrzegając o pożarze? – powiedziała Amelinha.

"Pozwólcie, że to wyjaśnię. Czy chcesz wymyślić fikcyjny ogień, aby zwabić tych mężczyzn? Co, jeśli zostaniemy aresztowani? "Belinha się bała.

"Mój kolega! Jestem pewien, że pokochają niespodziankę. Co lepszego muszą zrobić w tak ciemną i nudną noc? – powiedziała Amelinha.

"Masz rację. Podziękują za zabawę. Rozbijemy ogień, który pochłania nas od środka. Teraz pojawia się pytanie: kto będzie miał odwagę do nich zadzwonić? – zapytała Belinha.

"Jestem bardzo nieśmiały. Pozostawiam to zadanie tobie, moja siostro– powiedziała Amelinha.

"Zawsze ja. Porządku. Cokolwiek się stanie Amelinha". – podsumowała Belinha.

Wstając z kanapy, Belinha podchodzi do stołu w rogu, w którym zainstalowany jest telefon komórkowy. Dzwoni pod numer alarmowy straży pożarnej i czeka na odpowiedź. Po kilku dotknięciach słyszy głęboki, stanowczy głos przemawiający z drugiej strony.

"Dobranoc. To jest straż pożarna. Czego chcesz?

"Nazywam się Belinha. Mieszkam w Dzielnica Święty Krzysztof tutaj w Arcoverde. Moja siostra i ja jesteśmy zdesperowane całym tym deszczem. Kiedy elektryczność zgasła tutaj w naszym domu, spowodowała zwarcie, zaczynając podpalać przedmioty. Na szczęście wyszłyśmy z siostrą. Ogień powoli trawi dom. Potrzebujemy pomocy strażaków – powiedziała zmartwiona dziewczyna.

"Spokojnie, przyjacielu. Będziemy tam wkrótce. Czy możesz podać szczegółowe informacje na temat swojej lokalizacji? – zapytał dyżurny strażak.

"Mój dom jest dokładnie na Aleja centralna, trzeci dom po prawej. Czy to w porządku z ty?

"Wiem, gdzie to jest. Będziemy tam za kilka minut. Bądź spokojny" powiedział strażak.

"Czekamy. Dziękuję! "Dziękuję Belinha.

Wracając na kanapę z szerokim uśmiechem, obaj zrzucili poduszki i prychnęli z zabawy, którą robili. Nie zaleca się jednak tego, chyba że były to dwa dziwki je lubią.

Jakieś dziesięć minut później usłyszeli pukanie do drzwi i poszli je odebrać. Kiedy otworzyli drzwi, stanęli twarzą w twarz z trzema magicznymi twarzami, z których każda miała charakterystyczne piękno. Jeden był czarny, miał metr sześćdziesiąt wzrostu, nogi i ramiona średnie. Inny był ciemny, metr i dziewięćdziesiąt wysokości, muskularny i rzeźbiarski. Trzeci był biały, niski, cienki, ale bardzo lubiany. Biały chłopiec chce się przedstawić:

"Cześć, panie, dobranoc! Nazywam się Roberto. Ten człowiek z sąsiedztwa nazywa się Mateusz, a brązowy Filip. Jak się nazywacie i gdzie jest ogień?

"Jestem Belinha, rozmawiałem z tobą przez telefon. Ten Brązowowłosa osoba to moja siostra Amelinha. Wejdź, a ja ci to wyjaśnię.

"Porządku. Przyjęli trzech strażaków w tym samym czasie.

Kwintet wszedł do i wszystko wydawało się normalne, ponieważ wróciła elektryczność. Osiedlają się na kanapie w salonie wraz z dziewczynami. Podejrzliwi, nawiązują rozmowę.

"Pożar się skończył, prawda? – zapytał Mateusz.

"Tak. Już teraz kontrolujemy go dzięki: heroiczny wysiłek" – wyjaśniła Amelinha.

"Litość! Chciałem pracować. Tam, w koszarach, rutyna jest tak monotonna "- powiedział Felipe.

"Mam pomysł. Co powiesz na pracę w przyjemniejszy sposób? – zasugerowała Belinha.

"Masz na myśli, że jesteś tym, co myślę? – zapytał Felipe.

"Tak. Jesteśmy samotnymi kobietami, które kochają przyjemność. Masz ochotę na zabawę? – zapytała Belinha.

"Tylko jeśli pójdziesz teraz– odpowiedział Murzyn.

"Ja też jestem w", potwierdził Brązowy Człowiek.

"Poczekaj na mnie "Biały chłopiec jest dostępny.

"Więc Chodźmy - powiedziały dziewczyny.

Kwintet wszedł do pokoju dzieląc podwójne łóżko. Potem zaczęła się orgia seksualna. Belinha i Amelinha na zmianę uczestniczyły w uroczystościach trzech strażaków. Wszystko wydawało się magiczne i nie było lepszego uczucia niż przebywanie z nimi. Dzięki różnorodnym darom doświadczali zmienności seksualnej i pozycyjnej, tworząc doskonały obraz.

Dziewczęta wydawały się nienasycone w swoim seksualnym zapale, co doprowadzało tych profesjonalistów do szaleństwa. Spędzili noc uprawiając seks i wydawało się, że przyjemność nigdy się nie skończy. Oni Nie wyszli, dopóki nie otrzymali pilnego telefonu z pracy. Wyszli i poszli odpowiedzieć na raport policyjny. Mimo to nigdy nie zapomną tego wspaniałego doświadczenia u boku "Zboczonych Sióstr".

Konsultacja medyczna

Zaświtało w pięknej stolicy głąb kraju. Zazwyczaj dwie zboczone siostry budziły się wcześnie. Jednak, kiedy wstali, nie czuli się dobrze. Podczas gdy Amelinha kichała, jej siostra Belinha czuła się trochę uduszona. Te fakty przybyli z poprzedniej nocy na Plac Wojenny Wirginii, gdzie pili, całowali się w usta i prychali harmonijnie w pogodną noc.

Ponieważ nie czuli się dobrze i nie mieli siły na nic, siedzieli na kanapie religijnie myśląc o tym, co robić, ponieważ zobowiązania zawodowe czekały na rozwiązanie.

"Co robimy, siostro? Jestem całkowicie zdyszany i wyczerpany– powiedziała Belinha.

"Opowiedz mi o tym! Boli mnie głowa i zaczynam dostawać wirusa. Jesteśmy zagubieni! – powiedziała Amelinha.

"Ale ja Nie myśl, że to powód, aby przegapić pracę! Ludzie polegają na nas! – powiedziała Belinha

"Uspokoić Nie panikujmy! A może dołączymy do miłego? – zasugerowała Amelinha.

"Nie mów mi, że myślisz to, co ja myślę... "Belinha była zdumiona.

"To prawda. Chodźmy razem do lekarza! Będzie to świetny powód, aby przegapić pracę i kto wie, nie stanie się to, czego chcemy! – powiedziała Amelinha

"Świetny pomysł! Na co więc czekamy? Przygotujmy się! – zapytała Belinha.

"Daj spokój! – Amelinha zgodziła się.

Obaj udali się do swoich zagród. Byli bardzo podekscytowani decyzją; oni nawet nie wyglądał na chorego. Czy to wszystko był tylko ich wynalazek? Wybacz, czytelniku, nie myślmy źle o naszych drogich przyjaciołach. Zamiast tego będziemy im towarzyszyć w tym ekscytującym nowym rozdziale ich życia.

W sypialni kąpali się w swoich apartamentach, zakładali nowe ubrania i buty, czesali długie włosy, zakładali francuski perfumy, a następnie poszedł do kuchni. Tam rozbijali jajka i ser wypełniając dwa bochenki chleba i jedli ze schłodzonym sokiem. Wszystko było niewiarygodnie pyszne. Mimo to wydawali się tego nie odczuwać, ponieważ niepokój i nerwowość przed wizytą u lekarza były gigantyczne.

Gdy wszystko było gotowe, opuścili kuchnię, aby wyjść z domu. Z każdym krokiem, który stawiali, ich małe serduszka pulsowały emocjami, myśląc o zupełnie nowym doświadczeniu. Błogosławieni niech będą wszyscy! Optymizm ogarnął ich i był czymś, za czym podążali inni!

Na zewnątrz domu idą do garażu. Otwierając drzwi w dwóch próbach, stają przed skromnym czerwonym samochodem. Pomimo dobrego gustu w samochodach, woleli popularne od klasyków z obawy przed powszechną przemocą obecną w wszystkie regiony Brazylii.

Bez zwłoki dziewczyny wchodzą do samochodu, delikatnie dając wyjście, a następnie jedna z nich zamyka garaż, wracając do samochodu zaraz potem. Kto jeździ Amelinha z doświadczeniem już dziesięć lat? Belinha nie może jeszcze prowadzić samochodu.

Ten Zauważalnie krótka trasa między ich domem a szpitalem odbywa się bezpiecznie, harmonicznie i spokojnie. W tym momencie mieli fałszywe poczucie, że mogą zrobić wszystko. Przeciwnie, bali się jego przebiegłości i wolności. Oni sami byli zaskoczeni podjętymi działaniami. Nie z niczego innego nazywano ich zdziczałymi, dobrymi draniami!

Po przybyciu do szpitala umówili się na wizytę i czekali na telefon. W tym czasie skorzystali z przekąski i wymienili wiadomości za pośrednictwem aplikacji mobilnej ze swoimi drogimi sługami seksualnymi. Bardziej cyniczny i wesoły niż te, to było niemożliwe!

Po chwili To ich kolej, aby się przekonać. Nierozłączni, wchodzą do gabinetu opiekuńczego. Kiedy tak się dzieje, lekarz prawie ma zawał serca. Przed nimi znajdował się rzadki kawałek mężczyzny: wysoki blondwłosy mężczyzna, metr i dziewięćdziesiąt centymetrów wzrostu, brodaty, włosy tworzące kucyk, muskularne ramiona i piersi, naturalne twarze o anielskim spojrzeniu. Jeszcze zanim zdążyli przygotować reakcję, zaprasza:

"Usiądźcie oboje!

"Dziękuję! "Powiedzieli jedno i drugie.

Obaj mają czas na szybką analizę otoczenia: przed stołem serwisowym, lekarzem, krzesłem, na którym siedział i za szafą. Po prawej stronie łóżko. Na ścianie ekspresjonistyczne obrazy autora Cândido Portinari ego przedstawiające mężczyznę ze wsi. Atmosfera jest bardzo przytulna, pozostawiając dziewczyny w spokoju. Atmosferę relaksu przerywa formalny aspekt konsultacji.

"Powiedzcie mi, co czujecie, dziewczyny!

Dla dziewcząt brzmiało to nieformalnie. Jakże słodki był ten blondyn! To musiało być pyszne do jedzenia.

"Ból głowy, niedyspozycja i wirus! – Powiedziała Amelinha.

"Jestem bez tchu i zmęczony! – twierdziła Belinha.

"W porządku! Pozwól mi spojrzeć! Połóż się na łóżku! – zapytał Doktor.

Ten Dziwki ledwo oddychały na tę prośbę. Profesjonalista kazał im zdjąć część ubrania i wyczuł je w różnych częściach, co spowodowało dreszcze i zimne poty. Zdając sobie sprawę, że nie ma z nimi nic poważnego, asystent zażartował:

"Wszystko wygląda idealnie! Czego mają się bać? Zastrzyk w tyłek?

"Kocham to! Jeśli jest to duży i gęsty zastrzyk, jeszcze lepiej! – powiedziała Belinha.

"Czy będziesz aplikować powoli, kochanie? – powiedziała Amelinha.

"Już proszą o zbyt wiele! "Zauważył klinicysta.

Ostrożnie zamykając drzwi, pada na dziewczyny jak dzikie zwierzę. Najpierw zdejmuje resztę ubrań z ciał. To jeszcze bardziej wyostrza jego libido. Będąc zupełnie nagim, podziwia przez chwilę te rzeźbiarskie stworzenia. Wtedy Teraz jego kolej na popisywanie się. Upewnia się, że zdejmują ubrania. Zwiększa to wzajemne oddziaływanie i intymność między grupą.

Gdy wszystko jest gotowe, rozpoczynają wstępne praktyki seksualne. Używając języka w wrażliwych częściach, takich jak odbyt, tyłek i ucho, blondynka powoduje mini orgazmy przyjemności u obu kobiet. Wszystko szło dobrze, nawet gdy ktoś ciągle pukał do drzwi. Nie ma wyjścia, musi odpowiedzieć. Idzie trochę i otwiera drzwi. W ten sposób spotyka pielęgniarkę dyżurną: szczupłą osobę dwurasową, o szczupłych nogach i wyjątkowo niskiej.

"Doktorze, mam pytanie dotyczące leków pacjenta: czy to pięćset lub trzysta miligramów aspiryna? – zapytał Roberto, pokazując przepis.

"Pięćset! – Potwierdził Alex.

W tym momencie pielęgniarka zobaczyła stopy nagich dziewcząt, które próbowały się ukryć. Roześmiał się w środku.

"Żartujesz trochę, co, doktorze? Nawet nie dzwoń do znajomych!

"Przepraszam! Chcesz dołączyć do gangu?

"Bardzo bym chciał!

"To przyjdź!

Obaj weszli do pokoju, zamykając za sobą drzwi. Bardziej niż szybko, Osoba dwurasowa zdjęła ubranie. Nagi pokazał swój długi, gruby, żyłkowaty maszt jako trofeum. Belinha była zachwycona i wkrótce zaczęła uprawiać z nim seks oralny.

Alex zażądał również, aby Amelinha zrobiła to samo z nim. Po ustnym zaczęli analnie. W tej części Belinha miała ogromne trudności z utrzymaniem potwornego kutasa pielęgniarki. Ale kiedy wszedł do, ich przyjemność była ogromna. Z drugiej strony, nie odczuwali żadnych trudności, ponieważ ich penis był normalny.

Potem uprawiali seks waginalny w różnych pozycjach. Ruch tam, iż powrotem w jamie spowodował w nich halucynacje. Po tym etapie czwórka zjednoczyła się w seksie grupowym. Było to najlepsze doświadczenie, w którym spożytkowały się pozostałe energie. Piętnaście minut później obaj zostali wyprzedani. Dla sióstr seks nigdy się nie skończy, ale dobrze, ponieważ były szanowane kruchość tych mężczyzn. Nie chcąc przeszkadzać w pracy, zrezygnowali z zaświadczenia o uzasadnieniu pracy i osobistego telefonu. Wyszli całkowicie opanowani, nie wzbudzając niczyjej uwagi podczas przeprawy przez szpital.

Po przybyciu na parking weszli do samochodu i ruszyli w drogę powrotną. Choć są szczęśliwi, już myśleli o swoich kolejnych seksualnych psotach. Zboczone siostry były naprawdę czymś!

Lekcja prywatna

To było popołudnie jak każde inne. Nowo przybyłe z pracy, zboczone siostry były zajęte obowiązkami domowymi. Po zakończeniu wszystkich zadań zebrali się w pokoju, aby trochę odpocząć. Podczas gdy Amelinha czytała książkę,

Belinha korzystała z mobilnego Internetu do przeglądania swoich ulubionych stron internetowych.

W pewnym momencie drugi krzyczy głośno w pokoju, co przeraża jej siostrę.

"Co to jest, dziewczyno? Oszalałeś? – zapytała Amelinha.

"Właśnie wszedłem na stronę internetową konkursów z wdzięczną niespodzianką" - poinformowała Belinha.

"Powiedz mi więcej!

"Rejestracje federalnego sądu okręgowego są otwarte. Pozwól nam to zrobić?

"Dobry telefon, moja siostro! Jakie jest wynagrodzenie?

"Ponad dziesięć tysięcy początkowych dolarów.

"Bardzo dobrze! Moja praca jest lepsza. Zrobię jednak konkurs, ponieważ przygotowuję się do szukania innych wydarzeń. Będzie służyć jako eksperyment.

"Radzisz sobie bardzo dobrze! Zachęcasz mnie. Teraz nie wiem od czego zacząć. Czy możesz dać mi wskazówki?

"Kup wirtualny kurs, zadawaj wiele pytań na stronach testowych, wykonuj i powtarzaj poprzednie testy, pisz podsumowania, oglądaj porady i pobieraj dobre materiały z Internetu.

"Dziękuję! Przyjmę wszystkie te rady! Ale potrzebuję czegoś więcej. Słuchaj, siostro, skoro mamy pieniądze, to może zapłacimy za prywatną lekcję?

"Nie myślałem o tym. To innowacyjny pomysł! Czy masz jakieś sugestie dotyczące kompetentnej osoby?

"Mam tutaj bardzo kompetentnego nauczyciela z Arcoverde w moich kontaktach telefonicznych. Spójrz na jego zdjęcie!

Belinha dała siostrze telefon komórkowy. Widząc zdjęcie chłopca, była zachwycona. Poza tym przystojny, był sprytny! Byłaby to idealna ofiara pary łączącej użyteczne z przyjemnym.

"Na co czekamy? Weź go, siostro! Musimy się wkrótce uczyć. – powiedziała Amelinha.

"Masz to!" Belinha zgodziła się.

Wstając z kanapy, zaczęła wybierać numery telefonu na klawiaturze numerycznej. Po wykonaniu połączenia odpowiedź zajmie tylko kilka chwil.

"Cześć. Wy wszyscy, prawda?

– Wszystko jest świetne, Renato.

"Wysyłaj rozkazy.

"Surfowałem po Internecie, kiedy odkryłem, że wnioski o konkurs do federalnego sądu okręgowego są otwarte. Od razu nazwałem swój umysł szanowanym nauczycielem. Pamiętasz sezon szkolny?

"Dobrze pamiętam ten czas. Dobre czasy tym, którzy nie wracają!

"Zgadza się! Czy masz czas, aby dać nam prywatną lekcję?

"Co za rozmowa, młoda damo! Dla Ciebie zawsze mam czas! Jaki termin ustalamy?

"Czy możemy to zrobić jutro o 2:00? Musimy zacząć!

"Oczywiście, że tak! Z moją pomocą skromnie mówię, że szanse na przejście rosną niewiarygodnie.

"Jestem tego pewien!

"Jak dobrze! Możesz mnie spodziewać o 2:00.

"Dziękuję bardzo! Do zobaczenia jutro!

"Do zobaczenia!

Belinha odłożył słuchawkę i naszkicował uśmiech dla

swojego towarzysza. Podejrzewając odpowiedź, Amelinha zapytała:

"Jak poszło?

"Zgodził się. Jutro o 2:00 będzie tutaj.

"Jak dobrze! Nerwy mnie zabijają!

"Po prostu spokojnie, siostro! Będzie dobrze.

"Amen!

"Przygotujemy obiad? Już jestem głodny!

"Dobrze zapamiętane.!

Para przeszła z salonu do kuchni, gdzie w przyjemnym otoczeniu rozmawiali, bawili się, gotowali między innymi. Były przykładnymi postaciami sióstr połączonych bólem i samotnością. Fakt, że były w seksie tylko kwalifikowały ich jeszcze bardziej. Jak wszyscy wiecie, Brazylijka ma ciepłą krew.

Wkrótce potem bratali się przy stole, myśląc o życiu i jego perypetiach.

"Jedząc tego pysznego Krem z kurczaka, pamiętam czarnego człowieka i strażaków! Chwile, które wydają się nigdy nie przemijać! "Belinha powiedziała!

"Opowiedz mi o tym! Ci mężczyźni są pyszni! Nie wspominając o pielęgniarce i lekarzu! Też mi się podobało! "Pamiętałem Amelinha!

"To prawda, moja siostro! Posiadanie pięknego masztu każdego mężczyzny staje się przyjemne! Niech feministki mi wybaczą!

"Nie musimy być tak radykalni...!

Obaj śmieją się i nadal jedzą jedzenie na stole. Przez chwilę nic innego się nie liczyło. Oni były same na świecie i to kwalifikowało je jako boginie piękna i miłości. Ponieważ najważniejszą rzeczą jest czuć się dobrze i mieć poczucie własnej wartości.

Pewni siebie, kontynuują rodzinny rytuał. Pod koniec tego etapu surfują po Internecie, słuchają muzyki w salonowym stereo, oglądają opery mydlane, a później film porno. Ten pośpiech pozostawia ich bez tchu i zmęczonych, zmuszając ich do odpoczynku w swoich pokojach. Z niecierpliwością czekali na następny dzień.

Ono Nie potrwa długo, zanim zapadną w głęboki sen. Oprócz koszmarów sennych, noc i świt odbywają się w normalnym zakresie. Gdy tylko nadejdzie świt, wstają i zaczynają postępować zgodnie z normalną rutyną: kąpiel, śniadanie, praca, powrót do domu, kąpiel, lunch, drzemka i przenoszą się do pokoju, w którym czekają na zaplanowaną wizytę.

Kiedy słyszą pukanie do drzwi, Belinha wstaje i idzie odpowiedzieć. W ten sposób spotyka uśmiechniętego nauczyciela. To spowodowało u niego dobrą wewnętrzną satysfakcję.

"Witaj z powrotem, mój przyjacielu! Chcesz nas uczyć?

"Tak, bardzo, bardzo gotowy! Jeszcze raz dziękuję za tę możliwość! – powiedział Renato.

"Wejdźmy do środka!" – powiedziała Belinha.

Chłopiec nie zastanawiał się dwa razy i przyjął prośbę dziewczyny. Przywitał się z Amelinha i na jej sygnał usiadł na kanapie. Jego pierwszą postawą było zdjęcie czarnej dzianinowej bluzki, ponieważ było zbyt gorąco. W ten sposób opuścił swoją studnię-pracował napierśnik na siłowni, kapał pot, a jego ciemnoskóre światło. Wszystkie te szczegóły były naturalnym afrodyzjakiem dla tych dwóch "zboczeńców".

Udając, że nic się nie dzieje, zainicjowano rozmowę między całą trójką.

"Czy przygotował pan dobrą klasę, profesorze?" – zapytała Amelinha.

"Tak! Zacznijmy od jakiego artykułu? – zapytał Renato.

"Nie wiem... – powiedziała Amelinha.

"A może najpierw dobrze się bawimy? Po tym, jak zdjąłeś koszulę, zmokłem! – wyznała Belinha.

" Ja też – powiedziała Amelinha.

"Wy dwoje jesteście naprawdę maniakami seksualnymi! Czy to nie jest to, co kocham? – powiedział mistrz.

Nie czekając na odpowiedź, zdjął niebieskie dżinsy ukazujące mięśnie przywodziciela uda, okulary przeciwsłoneczne pokazujące jego niebieskie oczy i wreszcie bieliznę pokazującą doskonałość długiego penisa, średniej grubości i trójkątnej głowy. Wystarczyło, że małe dziwki upadły na szczyt i zaczęły cieszyć się tym męskim, jowialnym ciałem. Z jego pomocą zdjęli ubrania i rozpoczęli wstępne praktyki seksualne.

Krótko mówiąc, było to wspaniałe spotkanie seksualne, w którym doświadczyli wielu nowych rzeczy. To było czterdzieści minut dzikiego seksu w pełnej harmonii. W tych chwilach emocje były tak wielkie, że nawet nie zauważyli czasu i przestrzeni. Dlatego były nieskończone dzięki Bożej miłości.

Kiedy osiągnęli ekstazę, odpoczęli trochę na kanapie. Następnie studiowali dyscypliny naładowane przez konkurencję. Jako studenci, obaj byli pomocni, Inteligentny i zdyscyplinowany, co zauważył nauczyciel. Jestem pewien, że byli na dobrej drodze do zatwierdzenia.

Trzy godziny później zrezygnowali z obiecujących nowych

spotkań studyjnych. Szczęśliwe w życiu zboczone siostry poszły zająć się swoimi innymi obowiązkami, myśląc już o kolejnych przygodach. Byli znani w mieście jako "Nienasyceni".

Test konkursowy

Minęło trochę czasu. Przez około dwa miesiące zboczone siostry poświęcały się konkursowi w zależności od dostępnego czasu. Z każdym mijającym dniem byli coraz lepiej przygotowani na wszystko, co przychodziło i odchodziło. W tym samym czasie miały miejsce spotkania seksualne i w tych chwilach zostały wyzwolone.

W końcu nadszedł dzień testowy. Wyjeżdżając wcześnie ze stolicy zaplecza, dwie siostry zaczęły chodzić autostradą BR 232 o łącznej długości 250 km. Po drodze mijali główne punkty wnętrza państwa: Pesqueira, Piękny ogród, Święty Caetano, Caruaru, Gravatá, Cielęta i zwycięstwo świętego Antao. Każde z tych miast miało swoją historię do opowiedzenia i z własnego doświadczenia chłonęły ją całkowicie. Jak dobrze było zobaczyć góry, Las Atlantycki, caatinga, farmy, farmy, wioski, małe miasteczka i popijać czyste powietrze pochodzące z lasów. Pernambuco było wspaniałym stanem!

Wchodząc w miejski obwód stolicy, świętują dobrą realizację Podróży. Weź główną aleję do dobrej wycieczki po okolicy, gdzie przeprowadzą test. Po drodze napotykają zatłoczony ruch, obojętność obcych, zanieczyszczone powietrze i brak wskazówek. Ale w końcu im się udało. Wchodzą do odpowiedniego budynku, identyfikują się i rozpoczynają test, który potrwa dwa okresy. Podczas pierwszej części testu są całkowicie skoncentrowani na wyzwaniu pytań wielokrotnego wyboru. Cóż, opracowane przez bank odpowiedzialny za wydarzenie, skłoniło do najróżniejszych opracowań z tych dwóch. Ich zdaniem radzili sobie dobrze. Kiedy zrobili sobie przerwę, wyszli na lunch i sok do restauracji przed budynkiem. Te chwile były dla nich ważne, aby utrzymać zaufanie, związek i przyjaźń.

Następnie wrócili na miejsce testowe. Następnie rozpoczął się drugi okres imprezy z zagadnieniami dotyczącymi innych dyscyplin. Nawet nie utrzymując tego samego tempa, nadal byli bardzo spostrzegawczy w swoich odpowiedziach. Udowodnili w ten sposób, że najlepszym sposobem na zaliczenie konkursów jest poświęcenie dużej ilości na studia. Chwilę później zakończyli swój pewny udział. Przekazali dowody, wrócili do samochodu, kierując się w stronę pobliskiej plaży.

Po drodze grali, włączali dźwięk, komentowali wyścig i ruszali ulicami Recife obserwując oświetlone ulice stolicy, ponieważ tak było Noc. Zachwycają się oglądanym spektaklem. Nic dziwnego, że miasto jest znane jako "Stolica tropików". Zachód słońca nadaje otoczeniu jeszcze wspanialszy wygląd. Jak miło być tam w tym momencie!

Kiedy dotarli do nowego punktu, zbliżyli się do brzegów morza, a następnie wypłynęli na jego zimne i spokojne wody. Wywołane uczucie jest ekstatyczne radości, zadowolenia, satysfakcja i spokój. Tracąc poczucie czasu, pływają, aż się zmęczą. Potem leżą na plaży w świetle gwiazd bez strachu i zmartwień. Magia opanowała ich znakomicie. Jednym ze słów, których należy użyć w tym przypadku, było "Niezmierzony".

W pewnym momencie, gdy plaża jest prawie pusta,

zbliżają się dwaj mężczyźni dziewcząt. Próbują wstać i uciec w obliczu niebezpieczeństwa. Ale zostają powstrzymani przez silne ramiona chłopców.

"Spokojnie, dziewczyny! Nie zamierzamy cię skrzywdzić! Prosimy tylko o odrobinę uwagi i uczucia! "Jeden z nich przemówił.

W obliczu łagodnego tonu dziewczęta śmiały się ze wzruszenia. Jeśli chcieli seksu, dlaczego ich nie zaspokoić? Były Eksperci w tej sztuce. Odpowiadając na ich oczekiwania, wstali i pomogli im zdjąć ubranie. Dostarczyli dwie prezerwatywy i zrobili striptiz. To wystarczyło, by doprowadzić tych dwóch mężczyzn do szaleństwa.

Upadając na ziemię, kochali się parami, a ich ruchy sprawiały, że podłoga się trzęsła. Pozwolili sobie na wszystkie seksualne wariacje i pragnienia obu. W tym momencie dostawy nie dbał o nic ani nikogo. Dla nich byli sami we wszechświecie w wielkim rytuale miłości bez uprzedzeń. W seksie były one w pełni splecione, tworząc moc nigdy nie widzianą. Podobnie jak instrumenty, były one częścią większej siły w kontynuacji życia.

Tylko wyczerpanie zmusza ich do zatrzymania się. W pełni usatysfakcjonowani mężczyźni zrezygnowali i odeszli. Dziewczyny postanawiają wrócić do samochodu. Rozpoczynają podróż powrotną do swojej rezydencji. Cóż, zabrali ze sobą swoje doświadczenia i oczekiwali dobrych wieści o konkursie, w którym wzięli udział. Z pewnością zasłużyli na najlepsze szczęście na świecie.

Trzy godziny później wrócili do domu w spokoju. Dziękują

Bogu za błogosławieństwa udzielane przez pójście spać. Któregoś dnia czekałem na więcej emocji dla dwóch maniaków.

Powrót nauczyciela

Świt. Słońce wschodzi wcześnie, a jego promienie przechodzą przez szpary okna, pieszcząc twarze naszych drogich dzieci. Ponadto delikatna poranna bryza pomogła stworzyć w nich nastrój. Jak miło było mieć możliwość kolejnego dnia z błogosławieństwem Ojca. Powoli oboje wstają z łóżek o w tym samym czasie. Po kąpieli ich spotkanie odbywa się w baldachimie, gdzie wspólnie przygotowują śniadanie. To chwila radości, oczekiwania i rozproszenia, dzielenie się doświadczeniami w niesamowicie fantastycznych czasach.

Po śniadaniu zbierają się wokół stołu, wygodnie siedząc na drewnianych krzesłach z oparciem dla kolumny. Podczas jedzenia wymieniają się intymnymi doświadczeniami.

Belinha

Moja siostra, co to było?

Agnieszka

Czyste emocje! Wciąż pamiętam każdy szczegół ciał tych drogich!

Belinha

Ja też! Poczułem ogromną przyjemność. To było niemal pozazmysłowe.

Agnieszka

Wiem! Róbmy te szalone rzeczy częściej!

Belinha

Zgadzam się!

Agnieszka
Podobał Ci się test?
Belinha
Bardzo mi się podobało. Umieram, aby sprawdzić moje wyniki!
Agnieszka
Ja też!

Gdy tylko skończyły karmić, dziewczęta podniosły telefony komórkowe, uzyskując dostęp do mobilnego Internetu. Przeszli na stronę organizacji, aby sprawdzić opinię o dowodzie. Zapisali to na papierze i poszli do pokoju, aby sprawdzić odpowiedzi.

W środku skakali z radości, gdy zobaczyli dobrą nutę. Przeszli! Odczuwane emocje nie mogły być teraz opanowane. Po wielu świętowaniach ma najlepszy pomysł: zaprosić mistrza Renato, aby mogli świętować sukces misji. Belinha ponownie dowodzi misją. Odbiera telefon i dzwoni.

Belinha
Witam?
Renato
Cześć, wszystko w porządku? Jak się masz, słodka Belinha?
Belinha
Bardzo dobrze! Zgadnij, co się właśnie stało.
Renato
Nie mów mi, że...
Belinha
Tak! Przeszliśmy konkurs!
Renato
Moje gratulacje! Nie mówiłem ci?

Belinha

Chcę bardzo podziękować za współpracę pod każdym względem. Rozumiesz mnie, prawda?

Renato

Rozumiem. Musimy coś ustawić. Najlepiej w domu.

Belinha

Właśnie dlatego zadzwoniłem. Czy możemy to zrobić dzisiaj?

Renato

Tak! Mogę to zrobić dziś wieczorem.

Belinha

Cud. Oczekujemy cię wtedy o ósmej wieczorem.

Renato

Porządku. Czy mogę zabrać brata?

Belinha

Oczywiście!

Renato

Do zobaczenia!

Belinha

Do zobaczenia!

Połączenie zostanie zakończone. Patrząc na siostrę, Belinha wybucha śmiechem szczęścia. Zaciekawiony, drugi:

Agnieszka

Więc co? Czy on nadchodzi?

Belinha

Wszystko jest w porządku! Dziś o ósmej wieczorem spotkamy się ponownie. On i jego brat nadchodzą! Czy myślałeś o orgii?

Agnieszka

Opowiedz mi o tym! Już pulsuję ze wzruszenia!

Belinha

Niech będzie serce! Mam nadzieję, że się uda!

Agnieszka

"Wszystko się udało!

Dwa Śmiech jednocześnie wypełnia otoczenie pozytywnymi wibracjami. W tym momencie nie miałem wątpliwości, że los spiskuje dla nocy zabawy dla tego maniakalnego duetu. Osiągnęli już razem tyle etapów, że teraz nie osłabną. Powinny zatem nadal ubóstwiać mężczyzn jako zabawę seksualną, a następnie odrzucać ich. To było najmniej, co rasa mogła zrobić, aby zapłacić za ich cierpienie. W rzeczywistości żadna kobieta nie zasługuje na cierpienie. A raczej każda kobieta nie zasługuje na ból.

Czas zabrać się do pracy. Zostawiając pokój już gotowy, dwie siostry idą do garażu, gdzie zostawiają swój prywatny samochód. Amelinha najpierw zabiera Belinha do szkoły, a potem wyjeżdża do biura na farmie. Tam emanuje radością i opowiada profesjonalne wieści. Za zatwierdzenie konkursu otrzymuje gratulacje od wszystkich. To samo dzieje się z Belinha.

Później wracają do domu i spotykają się ponownie. Następnie rozpoczyna się przygotowanie do przyjęcia kolegów. Dzień zapowiadał się jeszcze bardziej wyjątkowo.

Dokładnie o umówionej godzinie słyszą pukanie do drzwi. Belinha, najmądrzejsza z nich, wstaje i odpowiada. Stanowczymi i bezpiecznymi krokami stawia się w drzwiach i powoli je otwiera. Po zakończeniu tej operacji wizualizuje parę braci.

Z sygnałem od gospodarza wchodzą i osiedlają się na sofie w salonie.

Renato
To jest mój brat. Nazywa się Ricardo.
Belinha
Miło cię poznać, Ricardo.
Agnieszka
Zapraszamy!
Ricardo
Dziękuję wam obojgu. Cała przyjemność jest moja!
Renato
Jestem gotowy! Możemy po prostu iść do pokoju?
Belinha
Daj spokój!
Agnieszka
Kto teraz dostaje kogo?
Renato
Sam wybieram Belinha.
Belinha
Dziękuję, Renato, dziękuję! Jesteśmy razem!
Ricardo
Z przyjemnością zostanę z Amelinha!
Agnieszka
Będziecie drżeć!
Ricardo
Zobaczymy!
Belinha
Niech rozpocznie się impreza!
Mężczyźni delikatnie położyli kobiety na ramieniu, niosąc

je do łóżek znajdujących się w sypialni jednego z nich. Przybywając na miejsce, zdejmują ubrania i wpadają w piękne meble, rozpoczynając rytuał miłości w kilku pozycjach, wymieniając pieszczoty i współudział. Podniecenie i przyjemność były tak wielkie, że po drugiej stronie ulicy słychać było jęki, które gorszyły sąsiadów. To znaczy, nie tak bardzo, ponieważ już wiedzieli o swojej sławie.

Z wnioskiem z góry kochankowie wracają do kuchni, gdzie piją sok z ciasteczkami. Podczas jedzenia rozmawiają przez dwie godziny, zwiększając interakcję grupy. Jak dobrze było tam być, uczyć się o życiu i jak być szczęśliwym. Zadowolenie to bycie w porządku z samym sobą i ze światem, potwierdzanie swoich doświadczeń i wartości przed innymi, niosąc pewność, że nie można być osądzonym przez innych. Dlatego maksymalnym przekonaniem było: "Każdy jest swoją osobą".

Po zapadnięciu zmroku w końcu się żegnają. Goście wyjeżdżają z "Drogich Pirenejów" jeszcze bardziej euforycznie myśląc o nowych sytuacjach. Świat po prostu zwracał się w stronę dwóch powierników. Niech będą mieli szczęście!

Maniakalny klaun

Nadeszła niedziela, a wraz z nim wiele wiadomości w mieście. Wśród nich przybycie cyrku o nazwie "Superstar", znanego w całej Brazylii. To wszystko, o czym rozmawialiśmy w tej dziedzinie. Zaciekawione, obie siostry zaprogramowały udział w otwarciu programu zaplanowanym na tę właśnie noc.

W pobliżu harmonogramu oboje byli już gotowi do wyjścia po specjalnej kolacji na uroczystość dla ich niezamężnej osoby.

Ubrani na galę, obaj paradowali równocześnie, gdzie wyszli z domu i weszli do garażu. Wchodząc do samochodu, zaczynają od jednego z nich, który zjeżdża na dół i zamyka garaż. Po powrocie tego samego podróż może zostać wznowiona bez żadnych dalszych problemów.

Opuszczając dzielnicę Święty Christopher, kieruj się w stronę dzielnicy Boa Vista na drugim końcu miasta, stolicy zaplecza z około osiemdziesięcioma tysiącami mieszkańców. Spacerując cichymi alejami, są zdumieni architekturą, świąteczną dekoracją, duchami ludzi, kościołami, górami, o których zdawali się mówić, pachnącymi kalamburami wymienianymi we współudziale, dźwiękiem głośnego rocka, francuskimi perfumami, rozmowami o polityce, biznesie, społeczeństwie, imprezach, północno-wschodniej kulturze i tajemnicach. W każdym razie byli całkowicie zrelaksowani, niespokojni, nerwowi i skoncentrowani.

Po drodze, natychmiast, spada drobny deszcz. Wbrew oczekiwaniom dziewczyny otwierają okna pojazdu, sprawiając, że małe krople wody smarują ich twarze. Ten gest pokazuje ich prostotę i autentyczność, prawdziwych auto-astralnych mistrzów. To najlepsza opcja dla ludzi. Jaki jest sens usuwania niepowodzeń, niepokoju i bólu z przeszłości? Nigdzie by ich nie zabrali. Dlatego byli szczęśliwi ze swoich wyborów. Chociaż świat ich osądzał, nie dbali o to, ponieważ posiadali swoje przeznaczenie. Wszystkiego najlepszego dla nich!

Około dziesięciu minut drogi są już na parkingu przylegającym do cyrku. Zamykają samochód, idą kilka metrów na wewnętrzny dziedziniec otoczenia. Za wczesne przyjście siadają na pierwszych trybunach. Podczas gdy czekasz na występ, kupują popcorn, piwo, rzucają bzdury i ciche kalambury. Nie było nic lepszego niż być w cyrku!

Czterdzieści minut później rozpoczyna się przedstawienie. Wśród atrakcji są żartobliwi klauni, akrobaci, artyści trapezowi, kula śmierci, magicy, żonglerzy i muzyczne show. Przez trzy godziny przeżywają magiczne chwile, zabawne, rozproszone, bawią się, zakochują się, w końcu żyją. Po rozpadzie show udają się do garderoby i witają się z jednym z klaunów. Wykonał wyczyn dopingowania ich, jakby to się nigdy nie zdarzyło.

Na scenie musisz dostać linię. Przypadkowo są ostatnimi, którzy wchodzą do szatni. Tam znajdują oszpeconego klauna, z dala od sceny.

"Przyjechaliśmy tutaj, aby pogratulować ci wspaniałego występu. Jest w tym dar Boży! Obserwował Belinha.

"Wasze słowa i wasze gesty wstrząsnęły moim duchem. Nie wiem, ale zauważyłem smutek w twoich oczach. Czy mam rację?

"Dziękuję wam obojgu za słowa. Jak się nazywasz? Odpowiedział klaun.

"Nazywam się Amelinha!

"Nazywam się Belinha.

"Miło cię poznać. Możesz nazywać mnie Gilberto! Przeszedłem przez wystarczająco dużo bólu w tym życiu. Jednym z nich była niedawna separacja z żoną. Musisz zrozumieć, że nie jest łatwo rozstać się z żoną po 20 latach życia, prawda? Niezależnie od tego, cieszę się, że mogę spełnić moją sztukę.

"Biedny mężczyzna! Przepraszam! (Amelinha).

"Co możemy zrobić, aby go rozweselić? (Belinha).

"Nie wiem jak. Po rozstaniu mojej żony bardzo za nią tęsknię. (Gilberto).

"Możemy to naprawić, prawda, siostro? (Belinha).

"Pewnie. Jesteś przystojnym mężczyzną. (Amelinha)

"Dziękuję wam, dziewczyny. Jesteście wspaniali. – wykrzyknął Gilberto.

Nie czekając dłużej, biały, wysoki, silny, ciemnooki mężczyzna rozebrał się, a panie poszły za jego przykładem. Nagie trio weszło w grę wstępną na parkiecie. Bardziej niż wymiana emocji i przekleństwa, seks bawił ich i rozweselał. W tych krótkich chwilach czuli części większej siły, miłości Boga. Dzięki miłości osiągnęli większą ekstazę, jaką człowiek mógł osiągnąć.

Kończąc akt, przebierają się i żegnają. Ten kolejny krok i wniosek, który przyszedł, był taki, że człowiek jest dzikim wilkiem. Maniakalny klaun, którego nigdy nie zapomnisz. Nigdy więcej, opuszczają cyrk przenosząc się na parking. Wsiadają do samochodu i ruszają w drogę powrotną. Następne dni zapowiadały kolejne niespodzianki.

Drugi świt przyszedł piękniejszy niż kiedykolwiek. Wczesnym rankiem nasi przyjaciele z przyjemnością czują ciepło słońca i bryzę wędrującą po ich twarzach. Kontrasty te powodowały w aspekcie fizycznym tego samego dobre poczucie wolności, zadowolenia, satysfakcji i radości. Byli gotowi na nowy dzień.

Koncentrują jednak swoje siły, których kulminacją jest ich podnoszenie. Następnym krokiem jest udanie się do apartamentu i zrobienie tego z ekstremalnym włóczęgostwem, jakby pochodzili ze stanu Bahia. Oczywiście nie po to, by skrzywdzić naszych drogich sąsiadów. Ziemia Wszystkich Świętych to spektakularne miejsce pełne kultury, historii i świeckich tradycji. Niech żyje Bahia.

W łazience zdejmują ubrania z dziwnego uczucia, że nie są sami. Kto kiedykolwiek słyszał o legendzie o blond łazience? Po maratonie horrorów normalne było mieć z tym kłopoty. W następnej chwili głowami, starając się być ciszej. Nagle przychodzi to na myśl każdego z nich, ich trajektoria polityczna, strona obywatelska, strona zawodowa, religijna i aspekt seksualny. Czują się dobrze, będąc niedoskonałymi urządzeniami. Byli pewni, że cechy i wady dodają im osobowości.

Ponadto zamykają się w łazience. Otwierając prysznic, pozwalają gorącej wodzie przepływać przez spocone ciała z powodu upału poprzedniej nocy. Ciecz służy jako katalizator pochłaniający wszystkie smutne rzeczy. Właśnie tego potrzebowali: zapomnieć o bólu, traumie, rozczarowaniach, niepokoju, próbując znaleźć nowe oczekiwania. Bieżący rok był pod tym względem kluczowy. Fantastyczny zwrot w każdym aspekcie życia.

Proces czyszczenia rozpoczyna się za pomocą gąbek roślinnych, mydła, szamponu, oprócz wody. Obecnie odczuwają jedną z najlepszych przyjemności, która zmusza do zapamiętania biletu na rafie i przygód na plaży. Intuicyjnie ich dziki duch prosi o więcej przygód w tym, co zostają, aby przeanalizować tak szybko, jak to możliwe. Sytuacja sprzyjała czasowi wolnemu osiągniętemu w pracy obu jako nagroda za poświęcenie służbie publicznej.

Przez około 20 minut odkładają trochę na bok swoje cele, aby przeżyć refleksyjny moment w swojej intymności. Pod koniec tej aktywności wychodzą z toalety, wycierają mokre ciało ręcznikiem, noszą czyste ubrania i buty, noszą szwajcarskie perfumy, importowany makijaż z Niemiec z naprawdę ładnymi okularami przeciwsłonecznymi i tiarami. Całkowicie gotowi, idą do kubka z torebkami na pasku i witają się szczęśliwi z ponownego spotkania w podziękowaniu dobremu Bogu.

We współpracy przygotowują śniadanie zazdrości: kuskus w sosie z kurczaka, warzywa, owoce, śmietankę do kawy i krakersy. W równych częściach żywność jest podzielona. Przeplatają chwile ciszy z krótką wymianą słów, ponieważ byli uprzejmi. Skończone śniadanie, nie ma ucieczki, poza tym, co zamierzali.

" Co proponujesz, Belinha? Jestem znudzony!

"Mam sprytny pomysł. Pamiętasz tę osobę, którą poznaliśmy na festiwalu literackim?

"Pamiętam. Był pisarzem, a jego imię było Boskie.

"Mam jego numer. A może skontaktujemy się z nami? Chciałbym wiedzieć, gdzie mieszka.

"Ja też. Świetny pomysł. Zrób to. Będę zachwycony.

"W porządku!

Belinha otworzyła torebkę, wzięła telefon i zaczęła dzwonić. Za kilka chwil ktoś odpowiada na linię i zaczyna się rozmowa.

"Cześć.

"Cześć, Boski. W porządku?

" W porządku, Belinha. Jak to się odbywa?

"Radzimy sobie dobrze. Słuchaj, czy to zaproszenie jest

nadal aktualne? Moja siostra i ja chcielibyśmy mieć dziś specjalny koncert.

"Oczywiście, że tak. Nie pożałujesz. Tutaj mamy piły, obfitą przyrodę, świeże powietrze poza wielkim towarzystwem. Ja też jestem dziś dostępny.

"Jak wspaniale. Cóż, czekaj na nas przy wjeździe do wioski. W ciągu najwyżej 30 minut jesteśmy tam.

"Jest w porządku. Do zobaczenia!

"Do zobaczenia!

Rozmowa dobiega końca. Z uśmieszkiem Belinha wraca, by komunikować się z siostrą.

"Powiedział, że tak. Czyżby?

"Daj spokój. Na co czekamy?

Obaj paradują od kubka do wyjścia z domu, zamykając za sobą drzwi kluczem. Następnie przenoszą się do garażu. Jeżdżą oficjalnym rodzinnym samochodem, zostawiając swoje problemy za sobą, czekając na nowe niespodzianki i emocje na najważniejszej krainie świata. Przez miasto, z głośnym dźwiękiem, zachowali swoją małą nadzieję dla siebie. W tym momencie było to warte wszystkiego, dopóki nie pomyślałem o szansie na bycie szczęśliwym na zawsze.

Po krótkim czasie skręcają w prawą stronę autostrady BR 232. Tak więc rozpoczyna kurs do osiągnięcia i szczęścia. Z umiarkowaną prędkością mogą cieszyć się górskim krajobrazem nad brzegiem toru. Chociaż było to znane środowisko, każde przejście było czymś więcej niż nowością. To było na nowo odkryte ja.

Przechodząc przez miejsca, farmy, wioski, niebieskie chmury, jesiony i róże, suche powietrze i wysoką temperaturę.

W zaprogramowanym czasie zbliżają się do najbardziej sielankowego wejścia Brazylijczyka w głąb lądu. Mimoso pułkowników, medium, Niepokalanego Poczęcia i ludzi o wysokich zdolnościach intelektualnych.

Kiedy zatrzymali się przy wejściu do dzielnicy, oczekiwali twojego drogiego przyjaciela z takim samym uśmiechem jak zawsze. Dobry znak dla tych, którzy szukali przygód. Wysiadając z samochodu, idą na spotkanie ze szlachetnym kolegą, który przyjmuje ich uściskiem stającym się potrójnym. Ta chwila zdaje się nie kończyć. Są już powtarzane, zaczynają zmieniać pierwsze wrażenia.

"Jak się masz, Boski? – zapytała Belinha.

"Dobrze, jak się masz? Korespondował z medium.

"Świetnie! (Belinha).

"Lepiej niż kiedykolwiek, uzupełniła Amelinha.

"Mam świetny pomysł. Może pójdziemy na górę Ororubá? To właśnie tam dokładnie osiem lat temu zaczęła się moja droga w literaturze.

"Co za piękno! To będzie zaszczyt! (Amelinha).

"Dla mnie też! Kocham przyrodę. (Belinha).

"Chodźmy teraz. (Aldivan).

Podpisując się, tajemnicza przyjaciółka dwóch sióstr ruszyła ulicami w centrum miasta. W dół po prawej stronie, wchodząc w prywatne miejsce i przechodząc około stu metrów, umieszcza je na dnie piły. Szybko się zatrzymują, dzięki czemu mogą odpocząć i nawodnić się. Jak to było wspiąć się na górę po tych wszystkich przygodach? Uczuciem był spokój, zbieranie, zwątpienie i wahanie. To było tak, jakby to był pierwszy raz, gdy wszystkie wyzwania zostały opodatkowane przez los. Nagle przyjaciele z uśmiechem stają twarzą w twarz z wielkim pisarzem.

"Jak to się wszystko zaczęło? Co to oznacza dla Ciebie? (Belinha).

"W 2009 roku moje życie kręciło się w monotonii. Tym, co utrzymywało mnie przy życiu, była wola uzewnętrznienia tego, co czułem w świecie. Wtedy usłyszałem o tej górze i mocach jej wspaniałej jaskini. Nie ma wyjścia, postanowiłem zaryzykować w imieniu mojego marzenia. Spakowałem torbę, wspiąłem się na górę, wykonałem trzy wyzwania, które zostały mi przypisane do groty rozpaczy, najbardziej śmiercionośnej, niebezpiecznej groty na świecie. W środku prześcignąłem wielkie wyzwania, kończąc na dostaniu się do komnaty. To właśnie w tym momencie ekstazy zdarzył się cud, stałem się medium, wszechwiedzącą istotą poprzez jego wizje. Do tej pory było jeszcze dwadzieścia przygód i nie przestanę tak szybko. Dzięki czytelnikom stopniowo osiągam swój cel, jakim jest podbój świata.

"Ekscytujące. Jestem twoim fanem. (Amelinha).

"Wzruszające. Wiem, jak musisz się czuć, wykonując to zadanie ponownie. (Belinha).

"Świetnie. Czuję mieszankę dobrych rzeczy, w tym sukcesu, wiary, pazurów i optymizmu. To daje mi dobrą energię, powiedział jasnowidz.

"Dobrze. Jakiej rady nam udzielasz?

"Zachowajmy koncentrację. Czy jesteście gotowi, aby dowiedzieć się lepiej dla siebie? (mistrz).

"Tak. Zgodzili się na jedno i drugie.

"To chodź za mną.

Trio wznowiło działalność. Słońce ogrzewa, wiatr wieje trochę mocniej, ptaki odlatują i śpiewają, kamienie i ciernie wydają się poruszać, ziemia się trzęsie, a górskie głosy zaczynają działać. To jest środowisko prezentowane na wspinaczce piły.

Z dużym doświadczeniem mężczyzna w jaskini cały czas pomaga kobietom. Postępując w ten sposób, wprowadził praktyczne cnoty ważne jak solidarność i współpraca. W zamian udzielili mu ludzkiego ciepła i nierównego poświęcenia. Można powiedzieć, że było to niepokonane, nie do zatrzymania, kompetentne trio.

Krok po kroku wspinają się krok po kroku po stopniach szczęścia. Pomimo znacznych osiągnięć, pozostają niestrudzeni w swoich poszukiwaniach. W sequelu nieco spowalniają tempo marszu, ale utrzymują je na stałym poziomie. Jak to się mówi, powoli odchodzi daleko. Ta pewność towarzyszy im cały czas tworząc duchowe spektrum pacjentów, ostrożność, tolerancję i przezwyciężenie. Dzięki tym elementom mieli wiarę, aby przezwyciężyć wszelkie przeciwności.

Następny punkt, święty kamień, kończy jedną trzecią kursu. Jest krótka przerwa i cieszą się nią, aby się modlić, dziękować, zastanawiać się i planować kolejne kroki. We właściwej mierze starali się zaspokoić swoje nadzieje, lęki, ból, tortury i smutki. Mając wiarę, niezatarty pokój wypełnia ich serca.

Wraz z ponownym uruchomieniem podróży, niepewność, wątpliwości i siła nieoczekiwanego powracają do działania. Chociaż mogło ich to przerażać, nosili w sobie bezpieczeństwo przebywania w obecności Boga i małego kiełka w głębi lądu. Nic ani nikt nie mógł ich skrzywdzić tylko dlatego, że Bóg na to nie pozwolił. Zdawali sobie sprawę z tej ochrony w każdym trudnym momencie życia, w którym inni po prostu ich opuszczali. Bóg jest w rzeczywistości naszym jedynym lojalnym przyjacielem.

Co więcej, są w połowie drogi. Wspinaczka pozostaje prowadzona z większym poświęceniem i melodią. W przeciwieństwie do tego, co zwykle dzieje się ze zwykłymi wspinaczami, rytm pomaga w motywacji, woli i dostarczeniu. Chociaż nie byli sportowcami, niezwykłe było ich osiągnięcie, ponieważ byli zdrowi i zaangażowani w młodym wieku.

Po pokonaniu trzech czwartych trasy oczekiwania dochodzą do nieznośnego poziomu. Jak długo musieliby czekać? W tym momencie presji najlepszą rzeczą do zrobienia była próba kontrolowania pędu ciekawości. Cała ostrożność była teraz spowodowana działaniem sił przeciwnych.

Mając trochę więcej czasu, w końcu kończą trasę. Słońce świeci jaśniej, światło Boga oświetla ich i wychodząc ze szlaku, strażnik i jego syn Renato. Wszystko całkowicie odrodziło się w sercu tych uroczych maluchów. Zasłużyli na tę łaskę za to, że tak ciężko pracowali. Następnym krokiem medium jest uścisk ze swoimi dobroczyńcami. Jego koledzy podążają za nim i pięciokrotnie się przytulają.

"Miło cię widzieć, synu Boży! Dawno cię nie widziałem! Mój instynkt macierzyński ostrzegł mnie przed twoim podejściem – powiedziała przodek.

"Cieszę się! To tak, jakbym pamiętał moją pierwszą przygodę. Było tyle emocji. Góra, wyzwania, jaskinia i podróże w czasie naznaczyły moją historię. Powrót tutaj przynosi mi dobre wspomnienia. Teraz zabieram ze sobą dwóch przyjaznych wojowników. Potrzebowali tego spotkania ze świętym.

"Jak się nazywacie, panie? – zapytał strażnik Góry.

"Nazywam się Belinha i jestem audytorem.

"Nazywam się Amelinha i jestem nauczycielką. Mieszkamy w Arcoverde.

"Witajcie, panie. (Strażnik Gór).

"Jesteśmy wdzięczni! Powiedział jednocześnie dwaj goście ze łzami w oczach.

"Uwielbiam też nowe przyjaźnie. Ponowne przebywanie obok mojego mistrza sprawia mi szczególną przyjemność z tych niewypowiedzianych. Jedynymi ludźmi, którzy wiedzą, jak to zrozumieć, jesteśmy my dwaj. Czy to nie prawda, partnerze? (Renato).

" Nigdy się nie zmieniasz, Renato! Twoje słowa są bezcenne. Przy całym moim szaleństwie znalezienie go było jedną z dobrych rzeczy mojego przeznaczenia.

" Mój przyjaciel i mój brat odpowiedzieli medium bez wyliczania słów. Wyszli naturalnie dla prawdziwego uczucia, które go karmiło.

"Jesteśmy korespondowania w tej samej mierze. Dlatego nasza historia jest sukcesem, powiedział młody człowiek.

"Jak miło być w tej historii. Nie miałam pojęcia, jak wyjątkowa jest ta góra w swojej trajektorii, droga pisarka, powiedziała Amelinha.

"Jest naprawdę godny podziwu, siostro. Poza tym twoi przyjaciele są naprawdę mili. Żyjemy prawdziwą fikcją i to jest najwspanialsza rzecz, jaka istnieje. (Belinha).

"Doceniamy komplement. Musisz być jednak zmęczony wysiłkiem włożonym we wspinaczkę. A może wrócimy do domu? Zawsze mamy coś do zaoferowania. (Pani).

"Skorzystaliśmy z okazji, aby nadrobić zaległości w naszych rozmowach. Tak bardzo tęsknię za Renato.

"Myślę, że to świetnie. Jeśli chodzi o panie, co wy na to?

"Będę zachwycony. (Belinha).

"Będziemy!

"Więc chodźmy! Ukończył mistrza.

Kwintet zaczyna chodzić w kolejności podanej przez tę fantastyczną postać. Natychmiast zimny cios przez zmęczone szkielety klasy. Kim była ta kobieta i jakie miała moce? Pomimo tak wielu wspólnych chwil, tajemnica pozostała zamknięta jak drzwi do siedmiu kluczy. Nigdy się nie dowiedzą, ponieważ była to część górskiej tajemnicy. Jednocześnie ich serca pozostawały we mgle. Byli wyczerpani obdarowywaniem miłości i nie otrzymywaniem, przebaczaniem i ponownym rozczarowaniem. W każdym razie albo przyzwyczaili się do rzeczywistości życia, albo bardzo by cierpieli. Dlatego potrzebowali porady.

Krok po kroku pokonają przeszkody. Natychmiast słyszą niepokojący krzyk. Jednym spojrzeniem szef ich uspokaja. Takie było poczucie hierarchii, podczas gdy najsilniejsi i najbardziej doświadczeni chronieni, słudzy wracali z poświęceniem, czcią i przyjaźnią. To była ulica dwukierunkowa.

Niestety, poradzą sobie ze spacerem z wielką i łagodnością. Jaki pomysł przyszedł Belinha do głowy? Znajdowali się w środku buszu, rozszarpani przez paskudne zwierzęta, które mogły ich skrzywdzić. Poza tym na nogach były ciernie i spiczaste kamienie. Jak każda sytuacja ma swój punkt widzenia, bycie tam było jedyną szansą na zrozumienie siebie i swoich pragnień, coś deficytowego w życiu odwiedzających. Wkrótce było warto.

W połowie drogi zatrzymają się. Tuż obok znajdował się sad. Zmierzają do nieba. W nawiązaniu do biblijnej opowieści czuli się całkowicie wolni i zintegrowani z naturą. Podobnie jak dzieci, bawią się we wspinaczkę na drzewa, biorą owoce, schodzą i jedzą je. Potem medytują. Nauczyli się, gdy tylko życie staje się tworzone przez chwile. Niezależnie od tego, czy są smutne, czy szczęśliwe, dobrze jest cieszyć się nimi, póki żyjemy.

W następnej chwili biorą orzeźwiającą kąpiel w jeziorze. Fakt ten przywołuje dobre wspomnienia z najwybitniejszych doświadczeń w ich życiu. Jak miło było być dzieckiem! Jak trudno było dorosnąć i zmierzyć się z dorosłym życiem. Żyj z fałszem, kłamstwem i fałszywą moralnością ludzi.

Idąc dalej, zbliżają się do przeznaczenia. Po prawej stronie szlaku widać już prostą chatę. To było sanktuarium najwspanialszych, najbardziej tajemniczych ludzi na górze. Były wspaniałe, co dowodzi, że wartość człowieka nie polega na tym, co posiada. Szlachetność duszy tkwi w charakterze, w dobroczynności i postawach doradczych. Mówi się: przyjaciel na placu jest lepszy niż pieniądze zdeponowane w banku.

Kilka kroków do przodu zatrzymują się przed wejściem do kabiny. Czy otrzymają odpowiedzi na twoje wewnętrzne pytania? Tylko czas mógł odpowiedzieć na to i inne pytania. Ważne było to, że byli tam na wszystko, co przychodzi i odchodzi.

Przyjmując rolę gospodyni, strażnik otwiera drzwi, dając wszystkim innym dostęp do wnętrza domu. Wchodzą do pustej kabiny, obserwując wszystko szeroko. Są pod wrażeniem delikatności miejsca reprezentowanego przez ornamentykę, przedmioty, meble i klimat tajemnicy. Sprzeczne, bogactwa i różnorodność kulturowa były większe niż w wielu pałacach. Możemy więc czuć się szczęśliwi i kompletni nawet w skromnym otoczeniu.

Jeden po drugim osiedlisz się w dostępnych miejscach, z wyjątkiem tego, że Renato pójdzie do kuchni, aby przygotować lunch. Początkowy klimat nieśmiałości zostaje złamany.

"Chciałbym was lepiej poznać, dziewczyny.

"Jesteśmy dwiema dziewczynami z Arcoverde City. Jesteśmy szczęśliwi zawodowo, ale w miłości. Odkąd zostałam zdradzona przez mojego dawnego partnera, jestem sfrustrowana, wyznała Belinha.

"Wtedy postanowiliśmy wrócić do mężczyzn. Zawarliśmy pakt, aby zwabić je i użyć jako przedmiotu. Nigdy więcej nie będziemy cierpieć, powiedziała Amelinha.

"Daję im całe moje poparcie. Spotkałem ich w tłumie, a teraz nadarzyła się okazja, aby tu odwiedzić. (Syn Boży)

"Interesujące. Jest to naturalna reakcja na cierpienie rozczarowań. Nie jest to jednak najlepszy sposób do naśladowania. Osądzanie całego gatunku na podstawie postawy danej osoby jest oczywistym błędem. Każdy ma swoją indywidualność. Ta twoja święta i bezwstydna twarz może generować więcej konfliktów i przyjemności. To od ciebie zależy, czy znajdziesz właściwy punkt tej historii. To, co mogę zrobić, to wspierać tak jak twój przyjaciel i stać się dodatkiem do tej historii analizowanej świętego ducha góry.

"Pozwolę na to. Chcę znaleźć się w tym sanktuarium. (Amelinha).

"Akceptuję również twoją przyjaźń. Kto by pomyślał, że zagram w fantastycznej operze mydlanej? Mit jaskini i góry wydaje się taki teraz. Czy mogę złożyć życzenie? (Belinha).

"Oczywiście, kochanie.

"Istoty górskie mogą usłyszeć prośby skromnych marzycieli, tak jak to mi się przydarzyło. Miejcie wiarę! (syn Boży).

"Tak bardzo mi nie wierzę. Ale jeśli tak powiesz, spróbuję. Proszę o pomyślne zakończenie dla nas wszystkich. Niech każdy z was spełni się w głównych dziedzinach życia.

"Przyznaję! Grzmi głęboki głos na środku pokoju.

Obie dziwki wykonały skok na ziemię. Tymczasem inni śmiali się i płakali z powodu reakcji obu. Ten fakt był bardziej działaniem losu. Co za niespodzianka. Nie było nikogo, kto mógłby przewidzieć, co dzieje się na szczycie góry. Odkąd słynny Indianin zginął na miejscu, wrażenie rzeczywistości pozostawiło miejsce na nadprzyrodzone, tajemnicze i niezwykłe.

"Co to do był za grzmot? Do tej pory się trzęsę, wyznała Amelinha.

"Słyszałem, co mówił głos. Potwierdziła moje życzenie. Czy śnię? – zapytała Belinha.

"Cuda się zdarzają! Z czasem będziesz dokładnie wiedział, co to znaczy to powiedzieć, powiedział mistrz.

"Wierzę w górę i ty też musisz w nią wierzyć. Dzięki jej cudowi pozostaję tutaj przekonany i bezpieczny co do moich decyzji. Jeśli raz nam się nie uda, możemy zacząć od nowa. Zawsze jest nadzieja dla żywych – zapewnił szaman medium, pokazując sygnał na dachu.

"Światło. Co to oznacza? (Belinha).
"To takie piękne i jasne. (Amelinha).
"To światło naszej wiecznej przyjaźni. Chociaż znika fizycznie, pozostanie nienaruszona w naszych sercach. (Strażnik
"Wszyscy jesteśmy światłem, choć w wyróżniający się sposób. Naszym przeznaczeniem jest szczęście. (Medium).

W tym miejscu pojawia się Renato i składa propozycję.

"Nadszedł czas, abyśmy wyszli i znaleźli przyjaciół. Nadszedł czas na zabawę.
"Nie mogę się doczekać. (Belinha)
"Na co czekamy? Nadszedł czas. (KRZYKI)

Kwartet wychodzi do lasu. Tempo kroków jest szybkie, co ujawnia wewnętrzną udrękę bohaterów. Wiejskie środowisko Mimoso przyczyniło się do spektaklu natury. Z jakimi wyzwaniami musiałbyś się zmierzyć? Czy dzikie zwierzęta byłyby niebezpieczne? Mity górskie mogły zaatakować w każdej chwili, co było dość niebezpieczne. Ale odwaga była cechą, którą wszyscy tam nosili. Nic nie powstrzyma ich szczęścia.

Nadszedł czas. W zespole aktywistów był czarny mężczyzna, Renato, i blondwłosa osoba. W pasywnym zespole byli Divine, Belinha i Amelinha. Po utworzeniu zespołu zabawa rozpoczyna się wśród szarej zieleni z wiejskich lasów.

Czarny mężczyzna umawia się z Boskim. Renato umawia się z Amelinha, a blondyn z Belinha. Seks grupowy zaczyna się od wymiany energii między sześcioma. Wszystkie były dla wszystkich dla jednej. Pragnienie seksu i przyjemności było wspólne dla wszystkich. Zmieniając pozycje, każdy doświadcza unikalnych wrażeń. Próbują seksu analnego, waginalnego, oralnego, grupowego wśród innych modalności seksualnych.

To dowodzi, że miłość nie jest grzechem. Jest to handel fundamentalną energią dla ewolucji człowieka. Bez poczucia winy szybko wymieniają partnera, co zapewnia wielokrotne orgazmy. Jest to mieszanka ekstazy, która angażuje grupę. Spędzają godziny uprawiając seks, dopóki nie są zmęczeni.

Po zakończeniu wszystkiego wracają do swoich początkowych pozycji. Na górze było jeszcze wiele do odkrycia.

Wycieczka po mieście Pesqueira

Poniedziałkowy poranek piękniejszy niż kiedykolwiek. Wczesnym rankiem nasi przyjaciele mają przyjemność poczuć ciepło słońca i bryzę wędrującą po ich twarzach. Kontrasty te powodowały w aspekcie fizycznym tego samego dobre poczucie wolności, zadowolenia, satysfakcji i radości. Byli gotowi na nowy dzień.

Po namyśle koncentrują swoje siły, osiągając kulminację na podnoszeniu się. Następnym krokiem jest udanie się do apartamentów i zrobienie tego z niezwykłym włóczęgostwem, jakby pochodziły ze stanu Bahia. Oczywiście nie po to, by skrzywdzić naszych drogich sąsiadów. Ziemia Wszystkich Świętych to spektakularne miejsce pełne kultury, historii i świeckich tradycji. Niech żyje Bahia!

W łazience zdejmują ubrania z dziwnego uczucia, że nie są sami. Kto kiedykolwiek słyszał o legendzie o blond łazience? Po maratonie horrorów normalne było mieć z tym kłopoty. W następnej chwili głowami, starając się być ciszej. Nagle przychodzi na myśl każdego z nich ich trajektoria polityczna, obywatelska, zawodowa, religijna i seksualna. Czują się dobrze, będąc niedoskonałymi urządzeniami. Byli pewni, że cechy i wady dodają im osobowości.

Zamykają się w łazience. Otwierając prysznic, pozwalają gorącej wodzie przepływać przez spocone ciała z powodu upału poprzedniej nocy. Ciecz służy jako katalizator pochłaniający wszystkie smutne rzeczy. To jest dokładnie to, czego teraz potrzebowali: zapomnieć o bólu, traumie, rozczarowaniach, niepokoju, próbując znaleźć nowe oczekiwania. Bieżący rok był w tym kluczowy. Fantastyczny zwrot w każdym aspekcie życia.

Proces czyszczenia rozpoczyna się za pomocą wycieraczek do ciała, mydła, szamponu poza wodą. Obecnie odczuwają jedną z najlepszych przyjemności, która zmusza ich do zapamiętania przełęczy na rafie i przygód na plaży. Intuicyjnie ich dziki duch prosi o więcej przygód w tym, co zostają, aby przeanalizować tak szybko, jak to możliwe. Sytuacja sprzyjała czasowi wolnemu osiągniętemu w pracy obu jako nagroda za poświęcenie służbie publicznej.

Przez około 20 minut odkładają trochę na bok swoje cele, aby przeżyć refleksyjny moment w swojej intymności. Pod koniec tej aktywności wychodzą z toalety, wycierają mokre ciało ręcznikiem, noszą czyste ubrania i buty, noszą szwajcarskie perfumy, importowany makijaż z Niemiec z naprawdę ładnymi okularami przeciwsłonecznymi i tiarami. Całkowicie gotowi, idą do kubka z torebkami na pasku i witają się szczęśliwi z ponownego spotkania w podziękowaniu dobremu Bogu.

We współpracy przygotowują śniadanie z zazdrości, sos

z kurczaka, warzywa, owoce, śmietanę do kawy i krakersy. W równych częściach żywność jest podzielona. Przeplatają chwile ciszy z krótką wymianą słów, ponieważ byli uprzejmi. Skończone śniadanie, nie ma ucieczki niż zamierzali.

" Co proponujesz, Belinha? Jestem znudzony!

"Mam sprytny pomysł. Pamiętasz tego mężczyzny, którego znaleźliśmy w tłumie?

"Pamiętam. Był pisarzem, a jego imię było Boskie.

"Mam jego numer telefonu. A może skontaktujemy się z nami? Chciałbym wiedzieć, gdzie mieszka.

"Ja też. Świetny pomysł. Zrób to. Bardzo bym chciał.

"W porządku!

Belinha otworzyła torebkę, wzięła telefon i zaczęła dzwonić. Za kilka chwil ktoś odpowiada na linię i zaczyna się rozmowa.

"Cześć.

"Cześć, Boże, jak się masz?

" W porządku, Belinha. Jak to się odbywa?

"Radzimy sobie dobrze. Słuchaj, czy to zaproszenie jest nadal aktualne? Ja i moja siostra chcielibyśmy mieć dziś specjalny koncert.

"Oczywiście, że tak. Nie pożałujesz. Tutaj mamy piły, obfitą przyrodę, świeże powietrze poza wielkim towarzystwem. Ja też jestem dziś dostępny.

"Jak wspaniale! Następnie czekaj na nas przy wjeździe do wioski. W ciągu najwyżej 30 minut jesteśmy tam.

"W porządku! A więc do czasu!

"Do zobaczenia!

Rozmowa dobiega końca. Z uśmieszkiem Belinha wraca, by komunikować się z siostrą.

"Powiedział, że tak. Pójdziemy?

"Daj spokój! Na co czekamy?

Obaj paradują od kubka do wyjścia z domu, zamykając za sobą drzwi kluczem. Następnie udaj się do garażu. Pilotują oficjalny rodzinny samochód, zostawiając swoje problemy za sobą, czekając na nowe niespodzianki i emocje na najważniejszej krainie na świecie. Przez miasto, z głośnym dźwiękiem, zachowali swoją małą nadzieję dla siebie. W tym momencie było to warte wszystkiego, dopóki nie pomyślałem o szansie na bycie szczęśliwym na zawsze.

Po krótkim czasie skręcają w prawą stronę autostrady BR 232. Rozpocznij więc kurs do osiągnięcia i szczęścia. Z umiarkowaną prędkością mogą cieszyć się górskim krajobrazem nad brzegiem toru. Chociaż było to znane środowisko, każde przejście było czymś więcej niż nowością. To było na nowo odkryte ja.

Przechodząc przez miejsca, farmy, wioski, niebieskie chmury, jesiony i róże, suche powietrze i wysoką temperaturę. W zaprogramowanym czasie zbliżają się do najbardziej sielankowego wejścia do wnętrza stanu Pernambuco. Mimoso pułkowników, medium, Niepokalanego Poczęcia i ludzi o wysokich zdolnościach intelektualnych.

Kiedy zatrzymałeś się przy wejściu do dzielnicy, spodziewałeś się swojego drogiego przyjaciela z takim samym uśmiechem jak zawsze. Dobry znak dla tych, którzy szukali przygód. Wyjdź z samochodu, idź na spotkanie ze szlachetnym kolegą, który przyjmuje ich uściskiem stającym się potrójnym.

Ta chwila zdaje się nie kończyć. Są już powtarzane, zaczynają zmieniać pierwsze wrażenia.

"Jak się masz, Boski? (Belinha)

"A co z tobą? (Medium)

"Świetnie! (Belinha)

"Lepiej niż kiedykolwiek" (Amelinha)

"Mam świetny pomysł, a może pójdziemy na górę Ororubá? To właśnie tam dokładnie osiem lat temu zaczęła się moja droga w literaturze.

"Co za piękno! To będzie zaszczyt! (Amelinha)

"Dla mnie też! Kocham przyrodę! (Belinha)

"Chodźmy teraz! (Aldivan)

Podpisując się, by iść za nim, tajemnicza przyjaciółka dwóch sióstr ruszyła ulicami śródmieścia. W dół po prawej stronie, wchodząc w prywatne miejsce i przechodząc około stu metrów, umieszcza je na dnie piły. Szybko zatrzymują się, aby odpocząć i nawodnić. Jak to było wspiąć się na górę po tych wszystkich przygodach? Uczuciem był spokój, zbieranie, zwątpienie i wahanie. To było tak, jakby to był pierwszy raz, gdy wszystkie wyzwania zostały opodatkowane przez los. Nagle przyjaciele z uśmiechem stają twarzą w twarz z wielkim pisarzem.

"Jak to się wszystko zaczęło? Co to oznacza dla Ciebie? (Belinha)

"W 2009 roku moje życie kręciło się w monotonii. Tym, co utrzymywało mnie przy życiu, była wola uzewnętrznienia tego, co czułem w świecie. Wtedy usłyszałem o tej górze i mocach jej wspaniałej jaskini. Nie ma wyjścia, postanowiłem zaryzykować w imieniu mojego marzenia. Spakowałem torbę, wspiąłem się na górę, wykonałem trzy wyzwania, które zostały mi potwierdzone w grocie rozpaczy, najbardziej śmiercionośnej, niebezpiecznej grocie na świecie. W środku prześcignąłem wielkie wyzwania, kończąc na dostaniu się do komnaty. To właśnie w tym momencie ekstazy zdarzył się cud, stałem się medium, wszechwiedzącą istotą poprzez jego wizje. Do tej pory było jeszcze dwadzieścia przygód i nie zamierzam tak szybko przestać. Z pomocą czytelników, stopniowo, osiągam swój cel, aby podbić świat. (Syn Boży)

"Ekscytujące! Jestem twoim fanem. (Amelinha)

"Wiem, jak musisz się czuć, wykonując to zadanie ponownie. (Belinha)

"Bardzo dobrze! Czuję mieszankę dobrych rzeczy, w tym sukcesu, wiary, pazurów i optymizmu. To daje mi dobrą energię. (Medium)

"Świetnie! Jakiej rady nam udzielasz? (Belinha)

"Zachowajmy koncentrację. Czy jesteście gotowi, aby dowiedzieć się lepiej dla siebie? (Mistrz)

"Tak! Zgodzili się na jedno i drugie.

"Więc pójdź za mną!

Trio wznowiło działalność. Słońce ogrzewa, wiatr wieje trochę mocniej, ptaki odlatują i śpiewają, kamienie i ciernie wydają się poruszać, ziemia się trzęsie, a górskie głosy zaczynają działać. To jest środowisko prezentowane na wspinaczce piły.

Z dużym doświadczeniem mężczyzna w jaskini cały czas pomaga kobietom. Postępując w ten sposób, wprowadził praktyczne cnoty ważne jak solidarność i współpraca. W zamian udzielili mu ludzkiego ciepła i niesprawiedliwego poświęcenia. Można powiedzieć, że było to niepokonane, nie do zatrzymania, kompetentne trio.

Krok po kroku wspinają się krok po kroku po stopniach szczęścia. Z poświęceniem i wytrwałością wyprzedzają wyższe drzewo, pokonują jedną czwartą drogi. Pomimo znacznych osiągnięć, pozostają niestrudzeni w swoich poszukiwaniach. Były dlatego, że gratulacje.

W sequelu zwolnij nieco tempo marszu, ale utrzymaj je na stałym poziomie. Jak to się mówi, powoli odchodzi daleko. Ta pewność towarzyszy im cały czas, tworząc duchowe spektrum cierpliwości, ostrożności, tolerancji i przezwyciężania. Dzięki tym elementom mieli wiarę, aby przezwyciężyć wszelkie przeciwności.

Następny punkt, święty kamień kończy jedną trzecią kursu. Jest krótka przerwa i cieszą się nią, aby się modlić, dziękować, zastanawiać się i planować kolejne kroki. We właściwej mierze starali się zaspokoić swoje nadzieje, lęki, ból, tortury i smutki. Mając wiarę, niezatarty pokój wypełnia ich serca.

Wraz z ponownym uruchomieniem podróży, niepewność, wątpliwości i siła nieoczekiwanego powracają do działania. Chociaż mogło ich to przerażać, nosili w sobie bezpieczeństwo przebywania w obecności Boga. Nic ani nikt nie mógł ich skrzywdzić tylko dlatego, że Bóg na to nie pozwolił. Zdawali sobie sprawę z tej ochrony w każdym trudnym momencie życia, w którym inni po prostu ich opuszczali. Bóg jest w rzeczywistości naszym jedynym prawdziwym i lojalnym przyjacielem.

Co więcej, są w połowie drogi. Wspinaczka pozostaje prowadzona z większym poświęceniem i melodią. W

ZBOCZONE SIOSTRY

przeciwieństwie do tego, co zwykle dzieje się ze zwykłymi wspinaczami, rytm pomaga w motywacji, woli i dostawie. Chociaż nie byli sportowcami, ich wyniki były niezwykłe, ponieważ byli zdrowi i zaangażowani w młodym wieku.

Od trzeciego kwartału oczekiwania dochodzą do nieznośnych poziomów. Jak długo musieliby czekać? W tym momencie presji najlepszą rzeczą do zrobienia była próba kontrolowania pędu ciekawości. Cała ostrożność była teraz spowodowana działaniem sił przeciwnych.

Mając trochę więcej czasu, w końcu kończą kurs. Słońce świeci jaśniej, światło Boga oświetla ich i wychodząc ze szlaku, strażnik i jego syn Renato. Wszystko całkowicie odrodziło się w sercu tych uroczych maluchów. Zasłużyli na tę łaskę poprzez prawo roślin uprawnych. Następnym krokiem medium jest uścisk ze swoimi dobroczyńcami. Jego koledzy podążają za nim i pięciokrotnie się przytulają.

"Miło cię widzieć, synu Boży! Dawno nie widzi! Mój instynkt macierzyński ostrzegł mnie przed twoim podejściem, przodków.

Cieszę się! To tak, jakbym pamiętał moją pierwszą przygodę. Było tyle emocji. Góra, wyzwania, jaskinia i podróże w czasie naznaczyły moją historię. Powrót tutaj przynosi mi dobre wspomnienia. Teraz zabieram ze sobą dwóch przyjaznych wojowników. Potrzebowali tego spotkania ze świętym.

"Jak się nazywacie, panie? (Opiekun)

"Nazywam się Belinha i jestem audytorem.

"Nazywam się Amelinha i jestem nauczycielką. Mieszkamy w Arcoverde.

"Witajcie, panie. (Stróż)

"Jesteśmy wdzięczni! – powiedzieli w zgodzie dwaj goście ze łzami w oczach.

"Uwielbiam też nowe przyjaźnie. Ponowne przebywanie obok mojego mistrza sprawia mi szczególną przyjemność z tych niewypowiedzianych. Tylko ludzie, którzy wiedzą, jak to zrozumieć, to my dwaj. Czy to nie prawda, partnerze? (Renato)

" Nigdy się nie zmieniasz, Renato! Twoje słowa są bezcenne. Przy całym moim szaleństwie znalezienie go było jedną z dobrych rzeczy mojego przeznaczenia. Mój przyjaciel i mój brat. (Medium).

Wyszli naturalnie dla prawdziwego uczucia, które go karmiło.

"Jesteśmy dopasowani w takim samym stopniu. Dlatego nasza historia jest sukcesem "- powiedział młody człowiek.

"Dobrze jest być częścią tej historii. Nawet nie wiedziałem, jak wyjątkowa jest ta góra w swojej trajektorii, drogi pisarzu "- powiedziała Amelinha.

"On naprawdę jest godny podziwu, siostro. Poza tym twoi przyjaciele są bardzo przyjaźni. Żyjemy prawdziwą fikcją i to jest najwspanialsza rzecz, jaka istnieje. (Belinha)

"Dziękujemy za komplement. Niemniej jednak muszą być zmęczeni wysiłkiem włożonym we wspinaczkę. A może wrócimy do domu? Zawsze mamy coś do zaoferowania. (Pani)

"Skorzystaliśmy z okazji, aby nadrobić zaległości w rozmowach. Bardzo za tobą tęsknię - wyznał Renato.

"Ze mną to w porządku. To jest świetne, jeśli chodzi o panie, co mi mówią?

"Będę zachwycony! " – zapewnił Belinha.

ZBOCZONE SIOSTRY

"Tak, chodźmy – zgodziła się Amelinha.
"Więc chodźmy!" Mistrz podsumował.

Kwintet zaczyna chodzić w kolejności podanej przez tę fantastyczną postać. W tej chwili zimny cios przez zmęczone szkielety klasy. Kim była ta kobieta, kim była, kto miał moce? Pomimo tak wielu wspólnych chwil, tajemnica pozostała zamknięta jak drzwi do siedmiu kluczy. Nigdy się nie dowiedzą, ponieważ była to część górskiej tajemnicy. Jednocześnie ich serca pozostawały we mgle. Byli wyczerpani obdarowywaniem miłości i nie otrzymywaniem, przebaczaniem i ponownym rozczarowaniem. W każdym razie albo przyzwyczaili się do rzeczywistości życia, albo bardzo by cierpieli. Dlatego potrzebowali porady.

Krok po kroku pokonasz przeszkody. W pewnym momencie usłyszą niepokojący krzyk. Jednym spojrzeniem szef ich uspokaja. Takie było poczucie hierarchii, podczas gdy najsilniejsi i bardziej doświadczeni chronieni, słudzy wracali z poświęceniem, czcią i przyjaźnią. To była ulica dwukierunkowa.

Niestety, poradzą sobie ze spacerem z wielką i łagodnością. Jaki pomysł przyszedł Belinha do głowy? Znajdowali się w środku buszu, rozszarpani przez paskudne zwierzęta, które mogły ich skrzywdzić. Poza tym na nogach były ciernie i spiczaste kamienie. Ponieważ każda sytuacja ma swój punkt widzenia, bycie tam było jedyną szansą, abyś mógł zrozumieć siebie i swoje pragnienia, coś deficytowego w życiu odwiedzających. Wkrótce było warto.

W połowie drogi zatrzymają się. Tuż obok znajdował się sad. Zmierzają do nieba. W aluzji do biblijnej opowieści czuli się komplementarnie wolni i zintegrowani z naturą. Podobnie jak dzieci, bawią się we wspinaczkę na drzewa, biorą owoce, schodzą i jedzą je. Potem medytują. Nauczyli się, gdy tylko życie staje się tworzone przez chwile. Niezależnie od tego, czy są smutne, czy szczęśliwe, dobrze jest cieszyć się nimi, póki żyjemy.

W następnej chwili biorą orzeźwiającą kąpiel w jeziorze. Fakt ten przywołuje dobre wspomnienia z najwybitniejszych doświadczeń w ich życiu. Jak miło było być dzieckiem! Jak trudno było dorosnąć i zmierzyć się z dorosłym życiem. Żyj z fałszem, kłamstwem i fałszywą moralnością ludzi.

Idąc dalej, zbliżają się do przeznaczenia. Po prawej stronie szlaku widać już prostą chatę. To było sanktuarium najwspanialszych, najbardziej tajemniczych ludzi na górze. Były niesamowite, co dowodzi, że wartość człowieka nie polega na tym, co posiada. Szlachetność duszy tkwi w charakterze, w postawach charytatywnych i doradczych. Dlatego mówią następujące powiedzenie, że lepszy przyjaciel na placu jest wart niż pieniądze zdeponowane w banku.

Kilka kroków do przodu zatrzymują się przed wejściem do kabiny. Czy otrzymali odpowiedzi na swoje wewnętrzne pytania? Tylko czas mógł odpowiedzieć na to i inne pytania. Ważne było to, że byli tam na wszystko, co przychodzi i odchodzi.

Przyjmując rolę gospodyni, opiekun otwiera drzwi, dając wszystkim innym dostęp do wnętrza domu. Wchodzą do wyjątkowej próżnej kabiny, obserwując wszystko w dużym urządzeniu. Są pod wrażeniem delikatności miejsca reprezentowanego przez ornamentykę, przedmioty, meble i klimat tajemnicy. Przeciwnie, w tym miejscu było więcej bogactwa i różnorodności kulturowej niż w wielu pałacach. Możemy więc czuć się szczęśliwi i kompletni nawet w skromnym otoczeniu.

Jeden po drugim, osiedlisz się w dostępnych miejscach, z wyjątkiem kuchni Renato, przygotujesz lunch. Początkowy klimat nieśmiałości zostaje złamany.

"Chciałbym poznać was lepiej, dziewczyny. (Opiekun)

"Jesteśmy dwiema dziewczynami z Arcoverde City. Oboje osiedlili się w zawodzie, ale przegrali w miłości. Odkąd zostałam zdradzona przez mojego dawnego partnera, jestem sfrustrowana, wyznała Belinha.

"Wtedy postanowiliśmy wrócić do mężczyzn. Zawarliśmy pakt, aby zwabić je i użyć jako przedmiotu. Nigdy więcej nie będziemy cierpieć. (Amelinha)

"Będę ich wszystkich wspierał. Spotkałem ich w tłumie, a teraz przyszli nas tu odwiedzić, a to wymusiło kiełek wnętrza.

"Interesujące. Jest to naturalna reakcja na cierpienie, rozczarowania. Nie jest to jednak najlepszy sposób do naśladowania. Osądzanie całego gatunku na podstawie postawy danej osoby jest oczywistym błędem. Każdy ma swoją indywidualność. Ta twoja święta i bezwstydna twarz może generować więcej konfliktów i przyjemności. To od ciebie zależy, czy znajdziesz właściwy punkt tej historii. To, co mogę zrobić, to wspierać tak jak twój przyjaciel i stać się dodatkiem do tej historii analizowanej świętego ducha góry.

"Pozwolę na to. Chcę znaleźć się w tym sanktuarium. (Amelinha)

"Akceptuję też twoją przyjaźń. Kto by pomyślał, że zagram

w fantastycznej operze mydlanej? Mit jaskini i góry wydaje się taki teraz. Czy mogę złożyć życzenie? (Belinha)

"Oczywiście, kochanie.

"Istoty górskie mogą usłyszeć prośby skromnych marzycieli, tak jak to mi się przydarzyło. Miejcie wiarę! motywował Syna Bożego.

"Tak bardzo mi nie wierzę. Ale jeśli tak powiesz, spróbuję. Proszę o pomyślne zakończenie dla nas wszystkich. Niech każdy z was spełni się w głównych dziedzinach życia. (Belinha)

"Przyznaję! " Grzmot głębokim głosem na środku pokoju".

Obie dziwki wykonały skok na ziemię. Tymczasem inni śmiali się i płakali z powodu reakcji obu. Ten fakt był bardziej działaniem losu. Co za niespodzianka! Nie było nikogo, kto mógłby przewidzieć, co dzieje się na szczycie góry. Odkąd słynny Indianin zginął na miejscu, wrażenie rzeczywistości pozostawiło miejsce na nadprzyrodzone, tajemnicze i niezwykłe.

"Co to do był za grzmot? Do tej pory się trzęsę. (Amelinha)

"Słyszałem, co mówił głos. Potwierdziła moje życzenie. Czy śnię? (Belinha)

"Cuda się zdarzają! Z czasem będziesz dokładnie wiedział, co to znaczy to powiedzieć. "Rozkoszował się mistrzem".

"Wierzę w góry i ty też musisz wierzyć. Dzięki jej cudowi pozostaję tutaj przekonany i bezpieczny co do moich decyzji. Jeśli raz nam się nie uda, możemy zacząć od nowa. Zawsze jest nadzieja dla tych, którzy żyją. "Zapewnił szamana o medium, pokazując sygnał na dachu".

"Światło. Co to oznacza? we łzach, Belinha.

"Jest taka piękna, jasna i mówiona. (Amelinha)

"To światło naszej wiecznej przyjaźni. Chociaż znika fizycznie, pozostanie nienaruszona w naszych sercach. (Opiekun)
"Wszyscy jesteśmy światłem, choć w wyróżniający się sposób. Naszym przeznaczeniem jest szczęście – potwierdza medium.

W tym miejscu pojawia się Renato i składa propozycję.
"Nadszedł czas, abyśmy wyszli i znaleźli przyjaciół. Nadszedł czas na zabawę.
"Nie mogę się doczekać. (Belinha)
"Na co czekamy? Nadszedł czas. (Amelinha)

Kwartet wychodzi do lasu. Tempo kroków jest szybkie, co ujawnia wewnętrzną udrękę bohaterów. Wiejskie środowisko Mimoso przyczyniło się do spektaklu natury. Z jakimi wyzwaniami musiałbyś się zmierzyć? Czy dzikie zwierzęta byłyby niebezpieczne? Mity górskie mogły zaatakować w każdej chwili, co było dość niebezpieczne. Ale odwaga była cechą, którą wszyscy tam nosili. Nic nie powstrzymałoby ich szczęścia.

Nadszedł czas. W zespole aktywistów był czarny mężczyzna, Renato i blondwłosa osoba. W pasywnym zespole byli Divine, Belinha i Amelia. Powstał zespół; Zabawa zaczyna się wśród szarej zieleni z wiejskich lasów.

Czarny mężczyzna umawia się z Boskim. Renato umawia się z Amelią, a blondynka z Belinha. Seks grupowy zaczyna się od wymiany energii między sześcioma. Wszystkie były dla wszystkich dla jednej. Pragnienie seksu i przyjemności było wspólne dla wszystkich. Zmieniając pozycje, każda z nich doświadcza unikalnych wrażeń. Próbują seksu analnego, waginalnego, oralnego, grupowego wśród innych modalności seksualnych. To dowodzi, że miłość nie jest grzechem. Jest to handel fundamentalną energią dla ewolucji człowieka. Bez poczucia winy szybko wymieniają partnera, co zapewnia wielokrotne orgazmy. Jest to mieszanka ekstazy, która angażuje grupę. Spędzają godziny uprawiając seks, dopóki nie są zmęczeni.

Po zakończeniu wszystkiego wracają do swoich początkowych pozycji. Na górze było jeszcze wiele do odkrycia.

Koniec

www.ingramcontent.com/pod-product-compliance
Lightning Source LLC
LaVergne TN
LVHW020435080526
838202LV00055B/5194